GTB
Gütersloher Taschenbücher
1371

Hans Fallada

Rudolf Ditzen, geboren am 21. Juli 1893 in Greifswald, starb am 5. Februar 1947 in Berlin. Er ist vor allem durch seine beiden sozialkritischen Romane »Kleiner Mann – was nun?« (1932) und »Wer einmal aus dem Blechnapf frißt« (1934) bekannt geworden. Mit seiner präzisen Beobachtungsgabe nimmt er die tägliche Lebenswelt der einfachen Leute zur Zeit zwischen den beiden Weltkriegen unter die Lupe und läßt sie mit ihren Freuden, Tugenden aber auch Nöten vorm Auge des Lesers lebendig werden.

In seinen Weihnachtserzählungen widmet er sich diesem speziellen christlichen Fest, an dem die Menschen, Groß und Klein in gleicher Weise, immer wieder – auch in schweren und bewegten Zeiten – ihr eigenes kleines Glück, ein frohes Fest, sei es auch nur für diesen einen Abend, einfordern. Oft können sie ihren Wunsch nur unter abenteuerlichen, listigen und lustigen Begleitumständen verwirklichen. Auch Mut gehört nicht selten dazu, wie in Lüttenweihnachten, ein Fest, das die Kinder für und mit den Tieren alljährlich nach alter – wenn auch vom Förster verbotenen – Tradition begehen.

Hans Fallada

Lütten-Weihnachten

und andere Weihnachtserzählungen

Gütersloher Verlagshaus
Gerd Mohn

Die Deutsche Bibliothek – CIP-Einheitsaufnahme

Fallada, Hans:
Lüttenweihnachten und andere Weihnachtserzählungen / Hans Fallada. –
1. Aufl. der Taschenbuch-Großdr.-Ausg. – Gütersloh:
Gütersloher Verl.-Haus Mohn, 1992
(Gütersloher Taschenbücher; 1371: GTB-Großdruck-Bibliothek)
ISBN 3-579-01371-8
NE: GT
Vw: Ditzen, Rudolf [Wirkl. Name] → Fallada, Hans

ISBN 3-579-01371-8
1. Auflage der Taschenbuch-Großdruckausgabe 1992
Lizenzausgabe mit freundlicher Genehmigung von Emma D. Hey,
Braunschweig

Umschlaggestaltung: Dieter Rehder, Kelmis/Belgien,
unter Verwendung einer Weihnachtspostkarte, Farblithographie mit
Reliefprägung, 1908; © der Vorlage Archiv für Kunst und Geschichte, Berlin
Gesamtherstellung: Clausen & Bosse, Leck
Printed in Germany

Lüttenweihnachten

»Tüchtig neblig heute«, sagte am 20. Dezember der Bauer Gierke ziellos über den Frühstückstisch hin. Es war eigentlich eine ziemlich sinnlose Bemerkung, jeder wußte auch so, daß Nebel war, denn der Leuchtturm von Arkona heulte schon die ganze Nacht mit seinem Nebelhorn wie ein Gespenst, das das Ängsten kriegt.

Wenn der Vater die Bemerkung trotzdem machte, so konnte sie nur eines bedeuten. »Neblig –?« fragte gedehnt sein dreizehnjähriger Sohn Friedrich.

»Verlauf dich bloß nicht auf deinem Schulwege«, sagte Gierke und lachte.

Und nun wußte Friedrich genug, und auf seinem Zimmer steckte er schnell die Schulbücher aus dem Ranzen in die Kommode, lief in den Stellmacherschuppen und »borgte« sich eine kleine Axt und eine Handsäge. Dabei überlegte er: Den Franz von Gäbels nehm ich nicht mit, der kriegt Angst vor dem Rotvoß. Aber Schöns Alwert und die Frieda Benthin. Also los!

Wenn es für die Menschen Weihnachten gibt, so muß es das Fest auch für die Tiere geben. Wenn für uns ein Baum brennt, warum nicht auch für Pferde und Kühe, die doch das ganze Jahr unsere Gefährten sind? In Baumgarten jedenfalls feiern die Kinder vor dem Weihnachtsfest Lüttenweihnachten

für die Tiere, und daß es ein verbotenes Fest ist, von dem der Lehrer Beckmann nichts wissen darf, erhöht seinen Reiz.
Nun hat der Lehrer Beckmann nicht nur körperlich einen Buckel, sondern er kann auch sehr bösartig werden, wenn seine Schüler etwas tun, was sie nicht sollen. Darum ist Vaters Wink mit dem nebligen Tag eine Sicherheit, daß das Schulschwänzen heute jedenfalls von ihm nicht allzu tragisch genommen wird.
Schule aber muß geschwänzt werden, denn wo bekommt man einen Weihnachtsbaum her? Den muß man aus dem Staatsforst an der See oben stehlen, das gehört zu Lüttenweihnachten. Und weil man beim Stehlen erwischt werden kann und weil der Förster Rotvoß ein schlimmer Mann ist, darum muß der Tag neblig sein, sonst ist es zu gefährlich. Wie Rotvoß wirklich heißt, das wissen die Kinder nicht, aber er ist der Förster und hat einen fuchsroten Vollbart, darum heißt er Rotvoß.
Von ihm reden sie, als sie alle drei etwas aufgeregt über die Feldraine der See entlanglaufen. Schöns Alwert weiß von einem Knecht, den hat Rotvoß an einen Baum gebunden und so lange mit der gestohlenen Fichte geschlagen, bis keine Nadeln mehr daran saßen. Und Frieda weiß bestimmt, daß er zwei Mädchen einen ganzen Tag lang im Holzschauer eingesperrt hat, erst als Heiligabend vorbei war, ließ er sie wieder laufen.

Sicher ist, sie gehen zu einem großen Abenteuer, und daß der Nebel so dick ist, daß man keine drei Meter weit sehen kann, macht alles noch viel geheimnisvoller. Zuerst ist es ja sehr einfach: Die Raine auf der Baumgartener Feldmark kennen sie: Das ist Rothspracks Winterweizen, und dies ist die Lehmkuhle, aus der Müller Timm sein Vieh sommers tränkt.

Aber sie laufen weiter, immer weiter, sieben Kilometer sind es gut bis an die See, und nun fragt es sich, ob sie sich auch nicht verlaufen im Nebel. Da ist nun dieser Leuchtturm von Arkona, er heult mit seiner Sirene, daß es ein Grausen ist, aber es ist so seltsam, genau kriegt man nicht weg, von wo er heult. Manchmal bleiben sie stehen und lauschen. Sie beraten lange, und als sie weitergehen, fassen sie sich an den Händen, die Frieda in der Mitte. Das Land ist so seltsam still, wenn sie dicht an einer Weide vorbeikommen, verliert sie sich nach oben ganz in Rauch. Es tropft sachte von ihren Ästen, tausend Tropfen sitzen überall, nein, die See kann man noch nicht hören. Vielleicht ist sie ganz glatt, man weiß es nicht, heute ist Windstille.

Plötzlich bellt ein Hund in der Nähe, sie stehen still, und als sie dann zehn Schritte weitergehen, stoßen sie an eine Scheunenwand. Wo sie hingeraten sind, machen sie aus, als sie um eine Ecke spähen. Das ist Nagels Hof, sie erkennen ihn an den bunten Glaskugeln im Garten.

Sie sind zu weit rechts, sie laufen direkt auf den Leuchtturm zu, und dahin dürfen sie nicht, da ist kein Wald, da ist nur die steile, kahle Kreideküste. Sie stehen noch eine Weile vor dem Haus, auf dem Hof klappert einer mit Eimern, und ein Knecht pfeift im Stall: Es ist so heimlich! Kein Mensch kann sie sehen, das große Haus vor ihnen ist ja nur wie ein Schattenriß.

Sie laufen weiter, immer nach links, denn nun müssen sie auch vermeiden, zum alten Schulhaus zu kommen – das wäre so schlimm! Das alte Schulhaus ist gar kein Schulhaus mehr, was soll hier in der Gegend ein Schulhaus, wo keine Menschen leben – nur die paar weit verstreuten Höfe... Das Schulhaus besteht nur aus runtergebrannten Grundmauern, längst verwachsen, verfallen, aber im Sommer blüht hier herrlicher Flieder. Nur, daß ihn keiner pflückt. Denn dies ist ein böser Platz, der letzte Schullehrer hat das Haus abgebrannt und sich aufgehängt. Friedrich Gierke will es nicht wahrhaben, sein Vater hat gesagt, das ist Quatsch, ein Altenteilhaus ist es mal gewesen. Und es ist gar nicht abgebrannt, sondern es hat leergestanden, bis es verfiel. Darüber geraten die Kinder in großen Streit.

Ja, und das nächste, dem sie nun begegnen, ist grade dies alte Haus. Mitten in ihrer Streiterei laufen sie grade darauf zu! Ein Wunder ist es in diesem Nebel. Die Jungens können's nicht lassen, drinnen ein bißchen zu stöbern, sie suchen etwas Verbranntes.

Frieda steht abseits auf dem Feldrain und lockt mit ihrer hellen Stimme. Ganz nah, wie schräg über ihnen, heult der Turm, es ist schlimm anzuhören. Es setzt so langsam ein und schwillt und schwillt, und man denkt, der Ton kann gar nicht mehr voller werden, aber er nimmt immer mehr zu, bis das Herz sich ängstigt und der Atem nicht mehr will –: »Man darf nicht so hinhören...«
Jetzt sind es höchstens noch zwanzig Minuten bis zum Wald. Alwert weiß sogar, was sie hier finden: erst einen Streifen hoher Kiefern, dann Fichten, große und kleine, eine ganze Wildnis, grade, was sie brauchen, und dann kommen die Dünen, und dann die See. Ja, nun beraten sie, während sie über einen Sturzacker wandern: erst der Baum oder erst die See? Klüger ist es, erst an die See, denn wenn sie mit dem Baum länger umherlaufen, kann sie Rotvoß doch erwischen, trotz des Nebels. Sind sie ohne Baum, kann er ihnen nichts sagen, obwohl er zu fragen fertigbringt, was Friedrich in seinem Ranzen hat. Also erst See, dann Baum.
Plötzlich sind sie im Wald. Erst dachten sie, es sei nur ein Grasstreifen hinter dem Sturzacker, und dann waren sie schon zwischen den Bäumen, und die standen enger und enger. Richtung? Ja, nun hört man doch das Meer, es donnert nicht grade, aber gestern ist Wind gewesen, es wird eine starke Dünung sein, auf die sie zulaufen.
Und nun seht, das ist nun doch der richtige Baum,

den sie brauchen, eine Fichte, eben gewachsen, unten breit, ein Ast wie der andere, jedes Ende gesund – und oben so schlank, eine Spitze so hell, in diesem Jahre getrieben. Kein Gedanke, diesen Baum stehenzulassen, so einen finden sie nie wieder. Ach, sie sägen ihn ruchlos ab, sie bekommen ein schönes Lüttenweihnachten, das herrlichste im Dorf, und Posten stellen sie auch nicht auf. Warum soll Rotvoß grade hierherkommen? Der Waldstreifen ist über zwanzig Kilometer lang. Sie binden die Äste schön an den Stamm, und dann essen sie ihr Brot, und dann laden sie den Baum auf, und dann laufen sie weiter zum Meer.

Zum Meer muß man doch, wenn man ein Küstenmensch ist, selbst mit solchem Baum. Anderes Meer haben sie näher am Hof, aber das sind nur Bodden und Wieks. Dies hier ist richtiges Außenmeer, hier kommen die Wellen von weit, weit her, von Finnland oder von Schweden oder auch von Dänemark. Richtige Wellen ...

Also, sie laufen aus dem Wald über die Dünen.

Und nun stehen sie still.

Nein, das ist nicht mehr die Brandung allein, das ist ein seltsamer Laut, ein wehklagendes Schreien, ein endloses Flehen, tausendstimmig. Was ist es? Sie stehen und lauschen.

»Jung, Manning, das sind Gespenster!«

»Das sind die Ertrunkenen, die man nicht begraben hat.«

»Kommt, schnell nach Haus!«
Und darüber heult die Nebelsirene.
Seht, es sind kleine Menschentiere, Bauernkinder, voll von Spuk und Aberglauben, zu Haus wird noch besprochen, da wird gehext und blau gefärbt. Aber sie sind kleine Menschen, sie laden ihren Baum wieder auf und waten doch durch den Dünensand dem klagenden Geschrei entgegen, bis sie auf der letzten Höhe stehen, und –
Und was sie sehen, ist ein Stück Strand, ein Stück Meer. Hier über dem Wasser steht es ein wenig, der Nebel zieht in Fetzen, schließt sich, öffnet den Ausblick. Und sie sehen die Wellen, grüngrau, wie sie umstürzen, weißschäumend draußen auf der äußersten Sandbank, näher tobend, brausend. Und sie sehen den Strand, mit Blöcken besät, und dazwischen lebt es, dazwischen schreit es, dazwischen watschelt es in Scharen…
»Die Wildgänse!« sagen die Kinder. »Die Wildgänse –!«
Sie haben nur davon gehört, sie haben es noch nie gesehen, aber nun sehen sie es. Das sind die Gänsescharen, die zum offenen Wasser ziehen, die hier an der Küste Station machen, eine Nacht oder drei, um dann weiterzuziehen, nach Polen oder wer weiß wohin, Vater weiß es auch nicht. Da sind sie, die großen wilden Vögel, und sie schreien, und das Meer ist da und der Wind und der Nebel, und der Leuchtturm von Arkona heult, und die Kinder ste-

hen da mit ihrem gemausten Tannenbaum und starren und lauschen und trinken es in sich ein – Und plötzlich sehen sie noch etwas, und magisch verführt gehen sie dem Wunder näher. Abseits, zwischen den hohen Steinblöcken, da steht ein Baum, eine Fichte wie die ihre, nur viel, viel höher, und sie ist besteckt mit Lichtern, und die Lichter flackern im leichten Windzug...

»Lüttenweihnachten«, flüstern die Kinder. »Lüttenweihnachten für die Wildgänse...«

Immer näher kommen sie, leise gehen sie, auf den Zehen – oh, dieses Wunder! –, und um den Felsblock biegen sie. Da ist der Baum vor ihnen in all seiner Pracht, und neben ihm steht ein Mann, die Büchse über der Schulter, ein roter Vollbart...

»Ihr Schweinekerls!« sagt der Förster, als er die drei mit der Fichte sieht.

Und dann schweigt er. Und auch die Kinder sagen nichts. Sie stehen und starren. Es sind kleine Bauerngesichter, sommersprossig, selbst jetzt im Winter, mit derben Nasen und einem festen Kinn, es sind Augen, die was in sich reinsehen. Immerhin, denkt der Förster, haben sie mich auch erwischt beim Lüttenweihnachten. Und der Pastor sagt, es sind Heidentücken. Aber was soll man denn machen, wenn die Gänse so schreien und der Nebel so dick ist und die Welt so eng und so weit und Weihnachten vor der Tür... Was soll man da machen...?

Man soll einen Vertrag machen auf ewiges Stillschweigen, und die Kinder wissen ja nun, daß der gefürchtete Rotvoß nicht so schlimm ist, wie sich die Leute erzählen.

Ja, da stehen sie nun: ein Mann, zwei Jungen, ein Mädel. Die Kerzen flackern am Baum, und ab und zu geht auch eine aus. Die Gänse schreien, und das Meer braust und rauscht. Die Sirene heult. Da stehen sie, es ist eine Art Versöhnungsfest, sogar auf die Tiere erstreckt, es ist Lüttenweihnachten. Man kann es feiern, wo man will, am Strande auch, und die Kinder werden es nachher in ihres Vaters Stall noch einmal feiern.

Und schließlich kann man hingehen und danach handeln. Die Kinder sind imstande und bringen es fertig, die Tiere nicht unnötig zu quälen und ein bißchen nett zu ihnen zu sein. Zuzutrauen ist ihnen das.

Das ganze aber heißt Lüttenweihnachten und ist ein verbotenes Fest, der Lehrer Beckmann wird es ihnen morgen schon zeigen!

Ich hatte mir zu Weihnachten ein Puppentheater gewünscht, ein Puppentheater aus Pappe, mit Proszenium, Soffitten und Hintergrund, mit den Figuren für Wilhelm Tell – alles aus Pappe. Auf meines Bruders Uli Wunschzettel aber hatte eine Robinsonade gestanden, aus Blei, Robinson und Freitag und Palmen und eine Hütte, und das »Pappchen« in seinem Rutenkäfig, alles aus Blei.

Einmal ist es soweit, und die kleine silberne Bimmel klingelt, und die Tür tut sich auf, und der Baum strahlt, und wir marschieren auf ihn zu, wie die Orgelpfeifen, nach dem Alter: erst Uli, dann ich, dann Margarete, dann Elisabeth. Und nun stehen wir vor dem Baum, rechts und links von ihm Mama und Papa, und wir sagen jeder etwas auf: ein Weihnachtslied oder ein paar hausgemachte Verse. Während das geschieht, ist es verboten, nach den Tischen zu schielen, aber ich wage doch einen Blick – und da, links von mir, steht das Puppentheater, strahlend, und der Vorhang ist aufgezogen, und Tell ist auf der Bühne und Geßler – welches Glück!

Aber wie nun Elisabeth als die letzte ihr Sprüchlein gesagt hat und wir zu unsern Tischen dürfen, da führt mich Mama nicht nach links, nicht zu dem Puppentheater, sondern nach rechts, wo auf einem großen Brett mit gelbem Sand und grünem kurzem

Moos und blaugestrichenem Meer die Robinsonade aus Blei aufgebaut ist –: »Dein Bruder Uli«, sagt Mama, »ist voriges Jahr viel besser weggekommen als du. Und deshalb bekommst *du* in diesem Jahr den Robinson, der ist viel schöner.«
Und nun standen wir beide da, wie die rechten Küster, und versuchten zu spielen, er mit »meinem« Puppentheater, ich mit »seinem« Robinson, und das Herz war uns schwer, und zu freuen hatten wir uns doch auch. Und ab und an wagten wir einen Blick zum andern und fanden, der konnte gar nichts mit »unserm« Spielzeug anfangen.
Aber das Seltsame an diesem sonst ganz unweihnachtlichen Weihnachtserlebnis war, daß wir – Uli und ich – nun nicht etwa, als die weihnachtlichen Freuden verrauscht und wir mit unserm Spielzeug aus dem Bescherungs- in »unser« Zimmer übergesiedelt waren, daß wir da nicht etwa unsere Weihnachtsgeschenke austauschten und das so falsch Begonnene richtig vollendeten...
Nein, das Seltsame war, daß Uli leidenschaftlich an seinem Puppentheater hing und daß ich wie ein Hofhund über meinem Robinson wachte. Von all den vielen Weihnachtsfesten meiner Kindheit ist dieses eine nur mir ganz unvergeßlich und deutlich geblieben: mit dem spähenden Entdeckerblick zum Tisch, mit dem »Besser-Wegkommen«, mit dem Sich-freuen-Müssen, mit dem verlegenen Schuldgefühl. Kein Spielzeug hat den Glanz dieses fal-

schen Robinsons, es ist mitgegangen mit mir durch mein Leben, und heute noch, wenn ich nicht einschlafen kann, spiele ich Robinson.

Fünfzig Mark und ein fröhliches Weihnachtsfest

Wir waren frisch verheiratet, Itzenplitz und ich, und hatten eigentlich gar nichts. Wenn man sehr jung ist, dazu frisch verheiratet und sehr verliebt, macht es noch nicht viel aus, wenn man »eigentlich gar nichts« hat. Gewiß, manchmal kamen so kleine seufzerische Anwandlungen, aber dann war immer einer von uns, der lachend sagte: »Es braucht ja nicht alles auf einmal zu kommen. Wir haben doch alle Zeit, die Gott werden läßt...« Und die kleine Anwandlung war vorbei.

Aber dann erinnere ich mich doch an ein Gespräch, das zwischen uns im Stadtpark geführt wurde, wo Itzenplitz aufseufzend sagte: »Wenn man doch nicht immer gar so sehr mit dem Pfennig rechnen müßte –!«

Ich hatte keinen rechten Begriff von der Sache. »Na und?« fragte ich. »Was dann –?«

»Dann würde ich mir was anschaffen«, sagte Itzenplitz träumerisch.

»Und was denn zum Beispiel?«

Itzenplitz suchte. Sie mußte wirklich erst suchen, ehe sie sagte: »Zum Bespiel ein Paar warme Hausschuhe.«

»Ach nee!« sagte ich ganz verblüfft und war völlig außer Fassung über meines Weibes Elisabeth (wurde Ibeth, wurde Itzenplitz) Sinnen und Trachten. Denn wir führten dies Gespräch im Hochsommer, die Sonne prallte, und was mich anging, so gingen meine Wünsche in diesem Augenblick nicht weiter als zu einer kühlen Brause und einer Zigarette.

Doch müssen als Niederschlag dieses Hochsommergesprächs dann unsere Weihnachtswunschzettel entstanden sein. »Weißt du, Mumm«, hatte Itzenplitz gesagt und energisch ihre lange, spitze Nase gerieben, »wir sollten jetzt schon anfangen, jeden Wunsch, der uns einfällt, aufzuschreiben. Nachher zu Weihnachten geht alles in einer Hatz, und man schenkt sich womöglich etwas ganz Dummes, was man nachher nicht braucht.«

Auf einen Zettel aus meinem Abonnentenwerbeblock schrieben wir also den ersten Weihnachtswunsch: »Ein Paar warme Hausschuhe für Itzenplitz«, und darunter, weil es doch streng gerecht bei uns zugehen sollte, setzte ich nach vielem Stirnrunzeln und Nachdenken: »Ein gutes Buch für Mumm!« Mumm bin ich. »Fein«, sagte Itzenplitz und fixierte den Wunschzettel so begeistert, als könnten sich aus dem Papier Hausschuhe und Buch stracks loslösen.

Und dann wuchs unser Wunschzettel aus dem Hochsommer in den Spätherbst, in den ersten Schlackerschnee, in die ersten weihnachtlichen Schaufenster, wuchs, wuchs... »Das macht gar nichts, daß so schrecklich viel darauf steht«, trö-

stete Itzenplitz. »Dann haben wir die Auswahl. Eigentlich ist es doch mehr eine Streichliste. Kurz vor Weihnachten streichen wir alles, was nicht geht, jetzt haben wir das Wünschen doch noch frei.« Sie dachte nach und sagte: »Wünschen kann ich mir doch, was ich will, nicht wahr, Mumm?«
»Ja«, sagte ich leichtsinnig.
»Schön«, sagte sie, und schon schrieb sie, schon stand da: »Ein bleuseidenes Abendkleid (ganz lang).« Sie sah mich herausfordernd an.
»Na, weißte, Itzenplitz«, bemerkte ich.
»Wünschen ist frei, hast du gesagt.«
»Richtig«, stimmte ich zu und schrieb: »Ein Vierröhrenradioapparat« – dabei sah ich sie herausfordernd an. Und dann gerieten wir in einen heftigen, mit ungeheurem Scharfsinn geführten Streit, was wir nötiger brauchten, Abendkleid oder Radio – und wußten beide ganz genau, daß weder das eine noch das andere in den nächsten fünf Jahren auch nur in Frage kam.
Aber das alles war viel, viel später, vorläufig stehen wir beide noch im sommerlichen Stadtpark und haben unsere ersten beiden Wünsche aufgeschrieben.
Ich habe schon ein paarmal Itzenplitz' Nase erwähnt, »Entenschnabel« sage ich manchmal auch dazu. Also mit dieser Nase wittert sie immer herum, und dazu hat sie die raschesten Augen von der Welt. Sie fand immerzu was, und so rief sie auch in diesem Augenblick: »Da ist er ja! Oh,

Mumm, da ist unser erster Weihnachtsgroschen!« Und sie stieß ihn mit der Fußspitze an.
»Weihnachtsgroschen?« fragte ich und hob ihn auf. »Dafür hol ich mir jetzt im Schützenhaus drei Zigaretten.«
»Gibst du ihn her! Der kommt in unsere Weihnachtssparbüchse!«
Lauter neue Dinge. »Hast du denn eine Sparbüchse?« fragte ich. »Nie so 'n Ding bei dir gesehen!«
»Ich finde schon eine, du! Laß mich man suchen.« Und sie sah sich unter den Parkbäumen um, als sollte das Suchen gleich losgehen.
»Wir machen es so«, schlug ich vor. »Wir überschlagen uns, was wir uns zu Weihnachten spendieren wollen, sagen wir mal fünfzig Mark... Bis Weihnachten gibt's noch sechsmal Geld, und da legen wir jedesmal acht, nein, acht Mark fünfzig zurück. Und jetzt hole ich mir Zigaretten.«
»Der Groschen gehört mir! Und überhaupt, so was Dummes und Ausgerechnetes wie deinen Quatsch eben, das ist eine stramme Leistung. Das machen wir ganz anders...«
»Ach nee –? Wie denn?«
»Wenn wir sonntags vom Ausflug ganz müde sind und möchten mit der Bahn nach Haus fahren, dann nehmen wir die fünfzig Pfennig und latschen zurück, und je schwerer es uns fällt, um so schöner ist es...«

»Wahrhaftig!« höhnte ich.
»Und wenn du 'ne Brause möchtest und ich Schokolade, und wenn wir sonntags Rouladen möchten und essen statt dessen saure Linsen – und überhaupt: ein ganz dummer Junge bist du! Und mit dir rede ich drei Tage kein Wort, und auf der Straße gehe ich nun schon überhaupt nicht mit dir ...!«
Und damit ließ sie mich stehen und peste allein los, und ich ging langsam hinterher. Aber als wir nachher in die Stadtstraßen kamen, ging sie auf der einen und ich auf der andern Seite, als hätten wir nichts miteinander zu tun. Und nur wenn so ein richtiger dicker Haufe sonntäglicher Bürger daherkam, wurde ich furchtbar gemein und rief nach der andern Straßenseite hinüber: »Pssst! Frollein! Hören Sie doch mal, Frollein!« Die Bürger machten Stielaugen, und sie kriegte ein rotes Gesicht und warf den Kopf wütend in den Nacken...
Aber einmal lief sie doch zu mir rüber, da war ihr eingefallen, daß wir ja eine leere Büchsenmilchdose hätten, nur mit den zwei Löchern drin, und da könnte ich doch mit dem Stemmeisen einen Schlitz reinhauen, und wir hätten eine knorke Sparbüchse. Wo es doch sogar Büchsenmilch »Glücksklee« war...
»Großartig«, höhnte ich. »Wie das Geld wohl aussehen mag, wenn es ein halbes Jahr im Milchschlamm gelegen hat!« Weg war sie, und: »Pssst! Frollein!« Sie war richtig auf achtzig.

Aber dann fiel *mir* was ein, und ich raste zu ihr rüber und schrie: »Hör mal, du, daran haben wir ja gar nicht gedacht, zu Weihnachten gibt's doch fünfzig Mark Gratifikation!« Erst wollte sie mich ja anfunkeln und fing schon an, wer mir Trottel wohl eine Gratifikation geben würde, aber dann überlegten wir den Fall doch ernsthaft und grübelten, ob es in diesem Jahr bei den schlechten Geschäften überhaupt eine Gratifikation geben würde, und vielleicht doch ja, beinahe sicher doch ja, und kamen zu dem Ergebnis: »Wir wollen so tun, als käme keine. Aber herrlich wäre es...!«
Nun muß ich aber noch berichten, wieso wir eigentlich so mit dem Groschen rechnen mußten und wovon wir eigentlich lebten und was für Aussichten wir eigentlich mit der Gratifikation hatten. Es ist gar nicht so einfach, auseinanderzusetzen, was für eine Art Tätigkeit ich hatte, und ich muß heute selber den Kopf schütteln, und klar ist mir nicht mehr (so kurze Zeit das auch nur her ist), wie ich meine mancherlei Tätigkeiten miteinander vereinigte. Vormittags ab sieben jedenfalls saß ich erst mal auf der Redaktion eines Käseblättchens und machte die Hälfte des lokalen Teils voll, während mir gegenüber Herr Redakteur Preßbold saß und die ganze sonstige Zeitung mit Hilfe von Bildern, Matern, Korrespondenzen, Radio und einer sehr defekten Schreibmaschine füllte. Dafür bekam ich achtzig Mark im Monat, und das war unsere ein-

zige feste Einnahme. War das aber überstanden, dann ging ich los auf Abonnenten- und Inseratenfang, dafür bekam ich Tantieme, eine Reichsmark fünfundzwanzig für jeden Abonnenten und zehn Prozent von jedem Inserat. Dazu hatte ich aber auch das Inkasso einer freiwilligen Krankenkasse (drei Prozent der Beiträge) und die Erhebung der Mitgliedsbeiträge eines Turnvereins (fünf Pfennig pro Mann und Monat). Und um die Sache recht zu krönen, fungierte ich auch noch als Schriftführer des Wirtschafts- und Verkehrsvereins, aber davon hatte ich nur die Ehre und die Spesen und die etwas nebulose Aussicht, daß die Herren mal was für mich tun würden, wenn sich grade mal was fände.

An Tätigkeit fehlte es also nicht, und das Betrübende an der ganzen Geschichte war nur, daß alle Tätigkeiten zusammen kaum soviel einbrachten, um Itzenplitz und mich am Leben zu erhalten – »was anschaffen« war Fremdwort. So manchesmal kam ich vergnittert und trostlos nach Haus, wenn ich den halben Tag umhergelaufen war, an fünfzig Türen geklingelt und keine fünf Groschen verdient hatte. Heut bin ich fest davon überzeugt (wenn sie's auch immer noch nicht wahrhaben will), daß Itzenplitz nur darum so voller aufreizender Einfälle war, um mich in Fahrt und damit auf andere Gedanken zu bringen.

Es muß so im Herbst gewesen sein, nasses Nebelwetter und mieseste Stimmung bei mir, und unsere Weihnachtssparbüchse hatte noch immer keine rechte feste Form angenommen, daß ich nach Haus kam und Itzenplitz mit einem Küchenmesser in der einen und einem der Länge nach durchgesägten Brikett in der andern Hand vorfand.

»Was in aller Welt machst du da?« fragte ich erstaunt, denn sie war dabei, mit der Messerspitze dies halbe Brikett auszuhöhlen. Die andere Hälfte lag vor ihr auf dem Tisch.

»Still, Mumm!« flüsterte sie geheimsnisvoll. »Überall sind schlechte Menschen.« Und sie zeigte mit dem Messer nach der nur mit Tapete überklebten Tür, hinter der jener Nachbar hauste, den wir unter uns nur Klaus Störtebeker nannten.

»Also, was ist los?« Und nun erfuhr ich es denn im Verschwörerton, sie hatte das Brikett halbiert und wollte es aushöhlen und einen Schlitz reinmachen und mit Syndetikon wieder zusammenkleben, und das sollte unsere Weihnachtssparbüchse werden, und zwischen die andern Briketts wollte sie's stekken. Und ihre Augen funkelten vor List und Geheimnis, und ihre lange Nase schnüffelte mehr als je. »Und vollkommen meschugge bist du!« sagte ich. »Und außerdem, Weihnachten, der Heber hat gesagt, an eine Gratifikation ist dies Jahr überhaupt nicht zu denken, der Chef ist sooo, weil's Geschäft schlecht geht...«

»Fein«, sagte sie, »erzähl mir alles schön der Reihe

nach, damit ich richtig weiß, wer das Brikett am Weihnachtsabend an den Kopf kriegt.«

Ich habe schon berichtet, unser Redakteur war Herr Preßbold. Das war ein feiner Kerl, schnauzig, polterig, immer dicker werdend, aber zu sagen hatte er nichts, soviel er auch sagte. Zu sagen hatte alles Herr Heber, der die Kasse unter sich hatte und die Bücher führte und das Ohr des Großen Häuptlings besaß. Den Großen Häuptling bekamen wir kleinen Indianer nur alle halbe Jahr mal zu sehen, der karriolte ewig mit seinem Mercedes im Lande umher und hatte hier ein Sägewerk und da 'ne kleine Provinzzeitung und hier ein Zinshaus und da ein Gütchen.

Aber bei uns war seine rechte Hand Herr Heber, ein langschinkiger, dürrer, trockener Zahlenmann, und bei dem hatte ich eine Bohrung angelegt von wegen Weihnachtsgratifikation und fünfzig Mark, aber ich war nicht fündig geworden, im Gegenteil, er hatte sich bei mir erkundigt, ob ich denn schon vom ersten diesjährigen Frost was abbekommen hätte und ob ich 'ne Ahnung hätte, was das hieße, in einem Verlustbetrieb zu arbeiten, und ich sollte froh sein, wenn der Saustall nicht zu Neujahr zugemacht würde.

Und was das Schlimmste war, Preßbold, mit dessen Unterstützung ich fest gerechnet hatte, tutete auf demselben Horn und machte mir noch Vorwürfe wegen meiner Rosinen, ich sollte froh sein, wenn wir nicht abgebaut würden, und den Großen Häuptling bloß nicht reizen. Und während die beiden so auf mich einredeten, dachte ich, daß mir Verlustbetrieb und die Sorgen des Großen Häuptlings ganz piepe seien, und an meinem Auge rauschten die Wunschzettel vorbei, weggeweht wie vom Herbstwind, und es tanzten dahin die warmen Hausschuhe und das Abendkleid und das gute Buch mit der Weihnachtsente.

Ja, richtig, die Weihnachtsente, sie bietet mir Gelegenheit, eine neue Person (nur einmal flüchtig erwähnt) in meinen wahrheitsgetreuen Bericht einzufügen: unsern Nachbar hinter der Tapetentür, genannt Klaus Störtebeker. Wie Störtebeker richtig hieß, das haben wir wohl nie gewußt, er hatte jedenfalls die nördliche, wie wir die südliche Mansarde hatten. Er war ein richtiger schwarzer Mann, eigentlich kann ich ihn nur so zeichnen, daß ich berichte, daß er völlig schwarz wirkte: schwarze struppige Haare, schwarze wild funkelnde Augen und einen schwarzen strubbeligen Bart. In der Stadt und namentlich bei der Polizei war er eine sehr bekannte und gefürchtete Persönlichkeit, weil er ein Säufer und ein Krakeeler war. Nebenbei war er noch Heizer im städtischen Elektrizitätswerk. Wir wohnten dicht bei dicht: Und wenn er sich im Bett umdrehte, hörten wir das, und so wird er denn von uns ja auch alles gehört haben.

Das mit der Ente jedenfalls hatte er gehört, das war

auch eine Weihnachtsdiskussion zwischen uns gewesen. Bei ihr wie bei mir war im elterlichen Haus zu Weihnachten die Gans traditioneller Vogel gewesen, aber darauf gerieten wir nun doch bei der Debatte, daß eine Zwölfpfundgans (»wenn sie weniger wiegt, sind's nur Haut und Knochen«) für uns zwei beide etwas zuviel war. Also eine Ente, sozusagen Gans in Oktav statt Folio, grade das Richtige für zwei, aber wo kaufen und wie teuer...?

In diesem Augenblick erklang in Störtebekers Kammer ein Gebrüll, ein rauhes, unverständliches Gebrüll, und eine Minute darauf schlug eine Faust gegen unsere Tür. Schwankend, aber wild anzusehen wie ein Urwaldbiest, direkt aus dem Bett, so stand Störtebeker in unserer Tür, nur in Hemd und Hose, die er mit einem strammen Griff der linken Hand hochhielt. »Besorg ich euch, den Weihnachtsvogel«, krächzte Störtebeker und funkelte uns an.

Wir waren ziemlich erschrocken und verlegen. Itzenplitz rieb sich die Nase und murmelte immerzu nur was von »sehr freundlich« und »sehr liebenswürdig«, und ich versuchte einen Sermon, daß wir noch nicht völlig entschlossen wären, vielleicht käme doch eine Gans in Frage oder ein Truthahn...

»Dussels!« brüllte Störtebeker und schmiß die Tür, daß der Kalk von der Decke flog.

Er muß uns aber unsere »Dusselei« trotzdem nicht übelgenommen haben, das Entenangebot erneuerte er zwar nicht, aber als er eine Woche vor Weihnachten Itzenplitz auf dem Vorplatz traf, wie sie versuchte, aus zwei Brettern einen Tannenbaumfuß zusammenzuhämmern, nahm er ihr die Bretter fort und erklärte: »Mach ich. Hab ein gehobeltes Brett beim Kessel. Schenk ich euch zu Weihnachten. Prima Fuß.«

Aber das ist schon wieder vorgegriffen, eigentlich sind wir noch bei der Gratifikation. Mein erster Angriff also war abgeschlagen, und gewissermaßen zum Troste unternahmen wir nun eine Überprüfung unserer Finanzlage, stellten fest, was wir denn nun eigentlich seit dem großen Weihnachtssparentschluß beiseite gebracht hatten. Das war gar keine so einfache Feststellung, denn Itzenplitz hatte ein ganzes System von Einzelkassen: Wirtschaftsgeld, Taschengeld, Mumms Geld, Kohlenfonds, Neuanschaffungskasse, Mietefonds und Weihnachtskasse. Und da in fast allen Schachteln und Schächtelchen entsprechend unserer Finanzlage meistens Ebbe herrschte, schliefte das bißchen Geld, das da war, wie ein Dachs aus einer Kasse in die andere, und anzusehen war dem Rest nicht, in welche Kasse er gehörte.

Itzenplitz rieb viele Male ihre immer röter werdende Nase, legte hierhin und dorthin, nahm weg, tat zu, während ich am Ofen stand und sarkasti-

sche Bemerkungen machte. Schließlich schien festzustehen, daß der Weihnachtsfonds innerhalb dreier Monate auf sieben Mark fünfundachtzig angeschwollen war, vorausgesetzt, daß die Briketts bis zum Ersten reichten. Falls nein, gehörten auch noch zwei Mark fünfzig in den Kohlenfonds.
Wir sahen uns an... Aber es kommt kein Unglück allein, und so tauchten ausgerechnet in diesem Moment vollständiger Pleite in Itzenplitzens Hirn erstens Schwiegermama, zweitens Tutti und Hänschen auf, Nichte und Neffe –: »Mama und den Kindern habe ich doch immer was zu Weihnachten geschenkt. Das muß gehen, Mumm!«
»Bitte, bitte..., aber wenn du mir verraten möchtest, wie –?«
Itzenplitz verriet es nicht, sondern tat etwas Geniales, sie holte mich mal wieder ab vom Käseblättchen und spann dabei den ollen, langweiligen Knochen von Heber in eine geradezu hinreißende Unterhaltung. Ich sehe ihn dort noch sitzen mit seinem langen, betrübten Pferdegesicht, ordentlich mit ein bißchen Rot auf den Backen, sitzen an der einen Seite der Schranke in der Expedition, Itzenplitz auf unserm einzigen Rollstuhl auf der andern Seite der Schranke, Itzenplitz in Glacéhandschuhen und ihrer rotgetupften, weißseidenen Bluse zum Trägerrock, in ihrem billigen Sommermäntelchen. Und sie packte aus, sie plauderte, sie brabbelte, sie schwätzte, sie klönte! Sie gab ihm das Gift, das er

haben wollte, sie fütterte sein olles, verstocktes Junggesellenherz mit Klatsch, sie erfand vom Fleck weg, sobald nur ein Name fiel, die schönsten Geschichten. Sie klatschte über Leute, die sie nie gesehen, verlobte, entlobte, es war ein Wirbel, setzte Kinder in die Welt, ließ Erbtanten sterben, aber die Köchin von Paradeisers –!
Und in Hebers alte, glupsche Fischaugen kam richtiges Leben, seine Knochenfaust schmetterte auf die Schranke. »Von dem habe ich mir das doch immer gedacht –! Nein, so was!« Und sachte, sachte pirschte sie sich von der Liebe ins Geld, von den teuren neuen Gardinen bei Spieckermanns, wie die das könnten, und wir könnten es jedenfalls nicht, und bei Leisegangs sollte es auch wackeln, aber hier sähe es ja, Gott sei Lob und Dank, glänzend aus, kein Wunder, bei der Geschäftsführung –: »Und überhaupt rechnen wir fest darauf, daß Sie beim Chef ein gutes Wort für uns einlegen wegen der Weihnachtsgratifikation. Herr Heber, Sie können's erreichen …«
Sie saß da, leergepumpt, aber ihre Augen hatten förmlich einen Strahlenkranz von Eifer und Entzücken und Beschwörung – und ich konnte nicht anders, ich schlich mich hinter sie und stieß sie drei-, viermal mit den Knöcheln in den Rücken, um ihr meine Begeisterung merklich zu machen. Aber das olle lange Ekel von Heber war natürlich keine Spur gerührt, er räusperte sich nur trocken und er-

klärte mit erhobener Stimme und einem Seitenblick auf mich, er wüßte schon Bescheid und mit Speck finge man Mäuse, ihn aber nicht, und wer sich die Pfoten verbrennen wollte, der möchte nur immer selbst zum Chef gehen, bitte schön –!

Es war eine vollkommene, schmähliche Niederlage. Mit kläglichem Gestammel flohen wir aus der Expedition, und Itzenplitz tat mir schrecklich leid. Mindestens fünf Minuten sagte sie kein Wort, sondern schnüffelte nur kummervoll vor sich hin, so zerschmettert war sie.

Aber wie dem auch sein mochte, wie tief auch die Aussichten auf Gratifikation stehen und wie düster unser Weihnachtsausblick auch sein mochte – am 13. Dezember schneite es in diesem Jahr zum ersten Mal. Es war ein richtiger trockener Kälteschnee, der auf gefrorenen Boden fiel und da liegenblieb, und wir hielten es natürlich nicht aus, sondern liefen los in Frost und Gestöber.

Gott, die kleine, olle, langweilige, geduckte Kleinstadt –! Die Gaslaternen brannten im Schneegestöber für gar nichts, und in unserer Vorstadtstraße liefen die Leute wie blasse Schemen einher. Aber dann kamen wir in die Breite Straße, und alles war strahlend hell von den vielen Schaufenstern. Und die ersten Weihnachtskerzen (olle elektrische) brannten, und wir lehnten mit den Köpfen gegen die Scheiben und diskutierten dies und zeigten uns das. »Sieh mal, das wäre grade für uns richtig!«

(Siebenundneunzig Prozent der ausgestellten Sachen waren grade für uns richtig.)
Und dann war da das alte gute Feinkostgeschäft von Harland, und eine Welle von Leichtsinn hob uns, und wir gingen hinein und kauften ein halbes Pfund Haselnüsse, ein halbes Pfund Walnüsse, ein halbes Pfund Paranüsse. »Nur, damit es ein bißchen weihnachtlich wird bei uns. Nußknacker brauchen wir nicht, wir knacken zwischen der Tür.« Und dann kamen wir zu der Buchhandlung von Ranft, und siehe, da war etwas Herrliches: »Buddenbrooks« für zwei Mark fünfundachtzig... »Und, sieh mal, Itzenplitz, die haben sicher bisher zwölf Mark gekostet und jetzt zwei Mark fünfundachtzig, das sind doch bar gespart neun Mark fünfzehn... Und es muß doch was an Inseraten zu Weihnachten einkommen!« Und wir kauften die »Buddenbrooks« und kamen zum Kaufhaus von Hänel und gingen hinein, bloß um mal zu sehen, was für Mutter und Tutti und Hänschen in Frage käme, und wir kauften für Mutter ein Paar schwarze, sehr warme Handschuhe (fünf Mark fünfzig) und für Tutti einen Ball, phantastisch groß, für eine Mark, und für Hänschen einen Roller (eine Mark fünfundneunzig). Und noch immer trug die Woge und hob uns, und noch sehe ich Itzenplitz unter dem Gewimmel von Käuferinnen vor einem Spiegel stehen und den kleinen weißen Kragen auf ihrem Mantel probieren, mit so einem

ernsten, glücklichen Gesicht (welch glücklicher Ernst!) –: »Und etwas schenkst du mir ja doch zu Weihnachten, nicht wahr, Mummimännchen, und später ist vielleicht der Kragen nicht mehr da – ist er nicht süß?«

Es schneite noch immer, als wir nach Haus wanderten, wir gingen dicht eingehängt, ihre Hand in der Ulstertasche bei meiner, und richtig wie richtige Weihnachtskäufer waren wir mit Paketen behängt. Und waren unglaublich glücklich, und die Inserate würden schon kommen...

Aber während zu Haus Itzenplitz die Bratkartoffeln zum Abendessen fertigmachte, packte ich, der ich ein ordentlicher, beinah pedantischer Mann bin, die Pakete aus und legte die Einkäufe zusammen, und dann steckte ich das ganze Einwickelpapier in unsern kleinen Kochofen, genannt Brüllerich, und er brüllte auf und prasselte. Wir waren so glücklich beschwingt über unsere Bratkartoffeln, und plötzlich sprang Itzenplitz auf und rief: »Sei nicht bös, Mumm, ich muß und muß mal schnell den kleinen süßen Kragen anprobieren!«

Ich gewährte es, aber – wo war der Kragen? Und wir suchten, nein, nein... »O Gott, du hast ihn sicher mit dem Einwickelpapier verbrannt!« – »So blöd werd ich sein, Kragen zu verbrennen, gar nicht mitgebracht hast du ihn...« Und sie riß den Ofen auf und starrte in die Glut, starrte, starrte (»er war sooo süß«), ich aber raste los und drang in das geschlossene Kaufhaus und ängstigte müde Verkäuferinnen beim Zusammenpacken um ein verschwundenes Paket und ging langsam, langsam wieder nach Haus... Und bedrückt und still schlichen wir umeinander herum, bis es Schlafengehzeit war...

Aber immer wieder wird es Morgen, man wacht auf, und noch liegt der Schnee, blinkend und strahlend unter dem klaren Winterhimmel. Und ein Kragen ist nicht die Welt –: »Warte nur, wieviel Kragen wir uns noch in unserm Leben kaufen können...« – »Wir sind die Richtigen, haben's ja dazu, mit Kragen für drei Mark zu heizen –!«

Doch es war nun der Vierzehnte, und zwei mal sieben ist zweimal meine Glückszahl, und ob ich nun besonders früh auf die Zeitung kam oder ob die olle Lenzen verschlafen hatte, jedenfalls spukte sie da noch rum bei ihrer Reinmacherei, unsere olle Lenzen, ein Reibeisen, mit einem Gesicht wie ein Reibeisen, die neun Kinder großgezogen hatte, unfaßbar wie, aber alle taten nicht gut und ließen lieber ihre olle Mutter für sich arbeiten, als daß sie einen Finger krumm machten.

Und die olle Lenzen erzählte mir krächzend und spuckend, wie sie bei Hesses im Schokoladengeschäft – da machte sie auch rein – einen großen Weihnachtsmann aus Schokolade geschenkt bekommen hatte... »Bald 'nen halben Meter hoch, war ja man bloß hohl, aber was hätten meine Enkelkinder für 'nen Spaß gehabt! Und ich stell ihn auf das Vertiko und hab all die Tage meine Freude dran, und wie ich ihn heute beim Staubwischen anfasse, da hat doch das Aas, die Friedel, meine Jüngste, die jetzt in die Spinnerei geht, der verfressene Balg, hat sie doch von hinten den ganzen Weihnachtsmann aufgefressen, nur noch das bißchen Vorderseite ist da... Hatte 'ne Vase hintergestellt, daß er bloß nicht umfällt...« Sie krächzte, schnaubte, röchelte gradezu vor Wut. »Aber warte, wenn ich von Heber meine zwanzig Mark zu Weihnachten kriege, nicht einen Pfennig kriegt sie ab, und wenn sie mir das ganze Weihnachtsfest rumtückscht, daß sie nicht zu Tanz gehen kann...«

Wozu ich bemerkte, daß es dies Jahr mit den Heberschen Gratifikationen wohl Essig sein würde. Aber die olle Lenzen..., ein Pulverfaß, wie sie spuckte und spie! »Dem werde ich es zeigen, dem Jammerknochen, dem elenden! Der soll von mir noch was zu hören bekommen! Zu Weihnachten kein Geld? Ach, hauen Sie doch bloß ab, Herr Mumm! Glauben Sie, der Olle kippt einen Klaren weniger wegen der schlechten Geschäfte? So blau! Aber immer auf die kleinen Leute! Der soll was hören!«

Und Heber bekam zu hören. Da stand sie, die Lenzen, grauslig anzuschauen, zerschlissen, verschabt, verrunzelt, und sie gab an... Der Lärm zog sogar Preßbold aus seiner Höhle, und seltsam, dieser selbe Preßbold, der mich schnöde im Stich gelassen hatte, jetzt, da die Lenzen loslegte, gab auch er Töne von sich, sachte Begleitmusik: »Richtig finde ich es ja auch grade nicht, Heber...« Und: »Da hat Frau Lenz ganz recht...«

Bis Heber, kalkweiß vor Wut, ausbrach: »Raus hier alle aus meiner Expedition! Bewillige ich die Gratifikationen –? Verrückt seid ihr alle, meschugge! Aber warten Sie, Mumm, Sie sind der Stänker, Mumm...« Ich wartete nicht. Wieder ein Angriff abgeschlagen. Trübe Aussichten...

Mein Bericht aber über unser erstes Weihnachten wäre nicht vollständig, wenn nicht Kinder darin vorkämen. Sprachen Itzenplitz und ich von unsern früheren Weihnachtsfesten, so waren es die Feste unserer Kinderzeit, die lebendig wurden. Später gingen sie ineinander über, wie damals hatten nie wieder die Tannenbäume gestrahlt – und ich konnte Itzenplitz noch alles erzählen, wie es gewesen war, als ich das Puppentheater bekam und dann, zwei Weihnachten später, die Bleifiguren zum Robinson Crusoe...

»Richtig schön ist es nur mit Kindern. Ein bißchen allein wird es ja sein bei uns...« Und Itzenplitz sah langsam um sich, sah in die Winkel, wo die dunklen Schatten standen...

Und dann bekamen wir doch noch ein Kind, kurz vor Weihnachten. Es war der 18. Dezember, aus dem Schnee war Schmutz geworden, grausige, alles durchdringende Nässe, trübe, zähe Nebel, Tage, die nicht hell wurden. An einem dieser Nachmittage, die nicht Tag und nicht Nacht waren, hatte es vor unserer Zimmertür geklagt und geweint, fast wie ein kleines Kind, und als Itzenplitz die Tür aufgemacht hatte, da kauerte dort etwas, halbtot vor Nässe und Kälte: eine Katze, eine junge, grauweiße Katze.

Ich bekam unsern Gast erst ein paar Stunden später zu sehen, als ich nach Haus kam von der Werbung, er sah schon ein bißchen trocken aus und glatter, aber auch da war es kein Zweifel, daß dieses kleine, grauweiße Biest mit einem schwarzen Fleck über das halbe Gesicht eine richtige hundskommune Straßenkatze war... »Hule-Mule«, sagte Itzenplitz. »Unsere Hule-Mule...«

Ja, da war nichts dagegen zu sagen, diese Nacht würde sie noch in der Sofaecke schlafen, und morgen würde Itzenplitz sehen, daß sie beim Kaufmann eine alte Margarinekiste bekam und Flicken darein für Hule-Mule (obwohl in einem so jungen Haushalt selbst Flicken knapp sind) – nun, und so hatten wir jedenfalls ein Kind und würden nicht ganz, ganz allein sein.

In dieser Nacht aber wachte ich auf, es mußte spät sein, aber das Elektrische brannte, und am Sofa stand eine weiße Gestalt im Nachthemd, stockstill. »Itzenplitz«, rief ich. »Komm doch, du erkältest dich ja...« Sie machte nur eine abwehrende Bewegung, und nach einer Weile stand auch ich auf und trat neben sie.

»Sieh doch«, flüsterte sie. »Sieh doch!« Das Kätzchen war wach geworden. Es strich mit den Vorderpfoten den Kopf entlang, dann streckte es eine rosige Zunge aus und gähnte. Es dehnte sich. Itzenplitz sah atemlos zu. Mit zwei Fingern kraulte sie die Katze leise unterm Kopf.

»Hule-Mule«, flüsterte sie. »*Unsere* Hule-Mule...«

Sie sah mich an.

So was vergißt sich nicht. Eigentlich hatte ich mein Weihnachten schon weg und Ostern, Pfingsten und alle großen Festtage dazu. »Unsere Hule-Mule!«

Und aus dem Achtzehnten wurde der Neunzehnte, und die Tage gingen weiter, und das Geld blieb knapp, und das Annoncengeschäft hielt nicht, was es versprach, und die Ausichten waren düster. Am Zweiundzwanzigsten abends fing Itzenplitz zu bohren an, ob Heber sich denn gar nichts merken ließe und ob ich denn nicht einmal mit dem Großen Häuptling selber sprechen wollte, und es wäre doch keine Art, und es müßte einem doch Bescheid gesagt werden...

Am Dreiundzwanzigsten strich ich um Heber herum wie ein Bräutigam um seine junge Braut, aber er ließ sich nichts merken und war so knochig und fischig wie je. Und am Dreiundzwanzigsten

abends hatten Itzenplitz und ich unsern ersten richtigen Krach, weil ich nichts gesagt hatte, und außerdem hatte Hule-Mule aus einem Alpenveilchen, unserm einzigen Alpenveilchen, das uns Frau Preßbold geschenkt hatte, alle Blütenstiele rausgezogen, und außerdem hatte Störtebeker den Tannenbaumfuß noch immer nicht abgeliefert, sondern Itzenplitz wieder mal auf »morgen« vertröstet.
Morgen brach an, der 24. Dezember, Weihnachtstag, und sah aus wie ein ganz gewöhnlicher, diesiger grauer Wintertag, nicht warm und nicht kalt. Um zehn ging Heber zum Chef, und ich hab gesessen und auf seine Rückkehr gelauert, hab einen Kohl über den Weihnachtsfilm, der im Olympia-Kino lief, geschrieben, der war nicht von schlechten Eltern. Heber kam wieder und sah knochig und fischig aus wie eh und je und setzte sich an seinen Platz und rief brummig zu mir rüber: »Mumm, Sie müssen gleich zu Betten-Ladewig gehen. Der behauptet, er hat nur 'ne Viertelseite aufgegeben und Sie haben 'ne halbe geschrieben. Immer machen Sie so 'nen Mist...«
Und während ich durch die Straßen trabte, dachte ich immer nur: Arme Itzenplitz..., arme Itzenplitz... Ich war innen ganz zusammengefallen, fünf Mark hatten wir noch im Haus, aber richtig, richtig hatte ich nie an eine Gratifikation geglaubt. Wenn man was ganz nötig braucht, kriegt man es nie.

Bei Ladewig hatte natürlich ich recht, es fiel ihm wieder ein, und er war so anständig, es zuzugeben. Und ich schlich langsam zurück auf die Zeitung und sagte es Heber, und der meinte: »Na also, ich sag's ja immer... So was wollen Geschäftsleute sein. Übrigens da, unterschreiben Sie die Quittung, ich hab den Chef doch wieder mal rumgekriegt...«
Erst war es wie ein Taumel, einen Augenblick war mir richtig schwarz vor den Augen. Und dann wurde alles hell, strahlend hell, und am liebsten hätte ich den ollen Kabeljau rechts und links abgeknutscht. Und dann griff ich nach dem Fünfzigmarkschein und schrie: »Eine Sekunde, Herr Heber...« und raste, wie ich ging und stand, den Schein in der Pfote, die Breite Straße runter in die Neuhäuser Straße, über den Kirchplatz, über den Reepschlägergang in die Stadtrat-Hempel-Straße und stürmte die Treppe hinauf und brach wie ein Hurrikan in unsere Bude und knallte den Schein auf den Tisch und schrie: »Schreib auf, was wir kaufen, Itzenplitz! Hol mich um zwei ab!« Und küßte sie und wirbelte sie rum und war schon wieder unten und wieder auf der Zeitung, und dieser Spiegelkarpfen von einem Heber hatte sich doch wahrhaftig noch nicht von seiner Verblüffung erholt und mümmelte nur ganz kümmerlich vor sich hin: »So doof wie Sie möchte ich nur mal 'ne Stunde am Sonntag sein, Mumm!«

Aber als es zwei wurde und Heber gegangen war, kam sie. Dies aber war der Zettel, unser Weihnachtsbesorgungszettel, unser endgültiger, den sie mir zu lesen gab:

1. *Fürs Essen:*		
1 Ente	5.00	
Rotkohl	0.50	
Äpfel	0.60	
Nüsse	2.00	
Feigen, Datteln, Rosinen	3.00	
Sonstiges	5.00	16.10
2. *Für den Baum:*		
Unser Baum	1.00	
12 Kerzen	0.60	
Kerzenhalter	0.75	
Lametta	0.50	
Wunderkerzen	0.25	3.10
3. *Für Hule-Mule:*		
1 Eimer frischer Sand	0.25	
1 Bückling	0.15	0.40
4. *Für Mumm:*		
Handschuhe	4.00	
Zigaretten	2.00	
1 Oberhemd	4.00	
1 Schlips	2.00	
Noch was	2.00	14.00
5. *Für Itzenplitz:*		
1 Lotterielos	1.00	
1 Schere	2.50	

	1 Kragen	3.00	
	1 Schal	6.00	
	Haarschneiden und Frisieren .	2.00	14.50
Unser Weihnachten:			48.10

»Hör mal zu«, begann Itzenplitz im Eilzugstempo, denn um vier war Hebers Mittagspause vorbei, und bis dahin mußte alles besorgt sein. »Hör mal zu. Es ist ja schrecklich viel Geld für die Fresserei, aber die Ente langt mindestens vier Tage, und es ist ja nur einmal Weihnachten. Für meine Näherei muß ich jetzt endlich 'ne Schere haben, mit der Nagelschere, das geht nicht länger. Und die Preise werden alle so ziemlich stimmen, und bis zum Ersten behalten wir grade sieben Mark übrig, für jeden Tag eine Mark, und damit kommen wir gut aus. Wunderkerzen muß ich am Baum haben, weißt du, die so zischen und prasseln, und ich kann wirklich nichts dafür, daß ich fünfzig Pfennig besser weggekommen bin als du, ich könnte ja auf das Los verzichten, aber man muß doch auch nach Weihnachten auf was hoffen, wenn wir auch sicher nichts gewinnen ...«
»Was ist ›noch was‹ –?« unterbrach ich ihren Redestrom.
»Oh, Mummimännchen, daß ich noch 'ne ganze kleine, klitzekleine Überraschung für dich habe!«
»Ich will auch zwei Mark für ›noch was‹ haben«, erklärte ich drohend.

»O Gott, da bleiben uns nur fünf Mark übrig, und wenn der Gasmann kommt, und ich schneide zwei Mark fünfzig besser ab als du! Und es ist wirklich nicht nötig, ich bin ja soo glücklich über unser Weihnachten!«

»Ich will aber«, beharrte ich.

Und dann ging Itzenplitz und holte die olle Lenzen, und die versprach, bis vier mich stellzuvertreten – und eine einladende Stellvertreterin war sie. Aber wer sollte schon am Vierundzwanzigsten nachmittags auf die Zeitung kommen?

Wir aber rasten los, und natürlich stimmten alle Preise nicht, sondern mein Oberhemd kostete sieben, und dafür ließen wir den Schlips fallen und drückten die Handschuhe um eine Mark. Itzenplitz aber fand einen herrlichen Schal, rot und weiß und blau, aus so 'nem gefältelten Seidenstoff für vier Mark fünfzig. Und den gleichen Kragen wie den verbrannten bekamen wir auch! Die Ente aber aus dem alten guten Feinkostgeschäft von Harland wog vierzweizehntel Pfund und kostete fünf Mark fünfundvierzig, was war das aber auch für eine Ente!

Natürlich reichte die Zeit nicht bis vier, aber wir verabredeten, daß ich jetzt rasch, rasch auf die Zeitung sollte, damit der Heber nichts merkte, und um halb fünf sollte ich mir Feierabend erbitten. Bis dahin aber wollte Itzenplitz sich Haare schneiden und frisieren lassen, und dann wollten wir gemeinsam den Rest unserer Einkäufe besorgen.

Fünf Minuten vor vier war ich auf der Zeitung, und siehe, die olle Lenzen hatte einem Brautpaar eine Verlobungsanzeige für neun Mark achtzig abgenommen (alles konnte die Frau), und als Heber kam, ruhte ich nicht, bis er mir meine achtundneunzig Pfennig Tantieme ausbezahlt hatte. Und er war ganz fassungslos, daß ich schon wieder Geld brauchte, wo ich doch grade meine Gratifikation bekommen hatte, aber ich muß sagen, schließlich war er richtig weihnachtlich großzügig und gab mir eine ganze Mark.

Gleich nach halb fünf hatte ich wirklich Feierabend und raste in die Steinmetzstraße, und richtig war der gute Unger wirklich zu Haus, der vor drei Wochen seine Verlobung aufgelöst und sich seine Brautgeschenke hatte zurückgeben lassen. Und wir wurden handelseins, und ich kaufte von ihm die süße dünne Goldkette mit dem Aquamarinanhänger: drei Mark Anzahlung (zwei Mark »noch was« plus eine Mark Verlobungstantieme) und fünfzehn Wochenraten zu einer Mark ab 1. Januar.

Aber wenn ich gedacht hatte, daß Itzenplitz schon wartend vor der Friseurtür stehen würde, so war das nicht so. Alle Mädchen und Frauen schienen sich ausgerechnet heute frisieren zu lassen. Aber dann war ich, trotz meiner kalten Füße, nicht böse, als sie da vor mir mit ihren Locken und Löckchen und Ringelchen auftauchte, und wir stürzten uns wieder in den Strudel der Weihnachtseinkäufe, an meiner Brust aber lag der Aquamarin.

Dann waren wir zu Haus, es war schon lange dunkel, und ich kriegte den Eimer zu fassen und raste los ins Baugeschäft nach Sand, und schön knurrig war der Platzverwalter, daß ich da noch mit so 'nem dicken Auftrag auf Katzensand um drei Viertel sieben angetrudelt kam. Zu Haus aber fand ich Itzenplitz in heller Verzweiflung. Störtebeker hatte sich noch immer nicht mit seinem Tannenbaumfuß gemeldet, aber zu Haus war er, wir hörten ihn rascheln.

Hand in Hand schlichen wir über den dunklen Vorplatz und klopften an seine Tür, hörten, wie er sich im Bett hin und her schmiß, hörten schnarchen, machten leise die Tür auf: In einer Pulle steckte eine Flackerkerze, und mit einer andern, halb geleerten Pulle war der Klaus Störtebeker eingepennt. Wir hatten ja schreckliche Angst vor ihm, aber wir schlichen doch wie die Indianer in die Kammer und suchten nach dem Fuß. Es war nicht viel zu suchen, und der Fuß war eben noch immer nicht da. Grade aber war Itzenplitz dabei, mit echt weiblicher Hartnäckigkeit eine Schublade aufzuziehen, da krächzte es vom Bett her: »Na, ihr jungen Lauser... Tannenbaumfuß? Morgen bestimmt!« Und schlief schon wieder.

Fünf Minuten vor sieben raste ich stadtwärts, und

im Eisengeschäft von Günther waren Tannenbaumfüße ausverkauft, und bei Mamlock rasselte vor meiner Nase die eiserne Rolljalousie runter.
Zehn Minuten nach sieben trat ich wieder daheim an, ohne Tannenbaumfuß, und da stand unser Bäumchen in einem Sandeimer, in einem Hule-Mule-Katzensandeimer, herrlich drapiert mit einem weißen Tischtuch – stand unser Weihnachtsbaum, strahlte und funkelte.
Schönes, herrliches Weihnachtsfest – und die olle Itzenplitz fing doch wahrhaftig an zu heulen über den Aquamarinanhänger. »So was Schönes hab ich nun freilich nicht für dich.« Und das Feuerzeug war doch wirklich gut. Dann aber standen wir und sahen uns an, wie »unsere Hule-Mule« mit Knacken und Zerren ihren Bückling verdrückte, und leise sagte Itzenplitz: »Im nächsten Jahr brauchen wir keine Hule-Mule.«

Lieber Hoppelpoppel – wo bist du?

Es war einmal ein kleiner Junge, der hieß Thomas. Dem hatten seine Großeltern zum ersten Weihnachtsfest einen kleinen Hund aus schwarzem Plüsch geschenkt, mit Hängeohren und frechen braunen Augen, eine Art Dackeltier, aber auf Rädern. Und da die Achsen dieser Räder nicht im Mittelpunkt saßen, sondern seitlich, hoppelte und wogte das schwarze Stoffgeschöpf auf und nieder, als haste es wild und über alle Kraft imaginären Hasen nach. Darum taufte der Vater den Hund »Hoppelpoppel«, und als Thomas etwas älter geworden war und sprechen konnte, genehmigte auch er diesen Namen. Er liebte den Hund sehr, immer mußte er bei ihm sein, auch im Schlaf durfte er ihn nicht verlassen, und er wachte sehr genau darüber, daß die Eltern nicht nur ihrem Sohn, sondern auch dem Hoppelpoppel gute Nacht sagten. Es war eben eine richtige Liebe.

Nun geschah es, daß Toms Eltern an einen neuen Wohnsitz verzogen, weit, weit weg. Der kleine Thomas blieb während der Umzugstage bei der guten Tante »Kunjä«, und mit ihm natürlich Hoppelpoppel – wie hätte Tom sonst bei Tante Kunjä schlafen können? Nach einer Weile war es dann soweit: Tante Kunjä fuhr mit Tom und dem Hund nach dem neuen Häuserchen. Auf dem Bahnhof erwartete sie der Vater, und der kleine Tom war so

selig und verlegen über dies Wiedersehen, daß er schnurstracks seinen Kopf durch des Vaters Beine steckte und so den abfahrenden Zug betrachtete.
Dann gingen die drei Hand in Hand durch den Wald zur Mummi ins neue Häuserchen, und da kam plötzlich ein Augenblick, da Tante Kunjä angedonnert stehenblieb: »O Gott, habe ich nun doch den Hoppelpoppel in der Bahn liegengelassen!«
Der Vater machte rasch eine Kopfbewegung und sagte: »Still! Still! Hier hat der ›Herr‹ soviel neue Eindrücke, daß er ›ihn‹ einfach vergißt.«
Tom sagte noch gar nichts. Er marschierte stramm auf seinen Beinchen zwischen den beiden Großen und sah die herrlich hohen Bäume mit den Piekse-nadeln an. Dann kam ein Zwinger mit einem Hund, und nun stand die Mummi unten auf einer Treppe und hielt die Arme weit auf. Sie gingen durch eine große Tür auf einen weiten Balkon, und plötzlich war da unten ein langes, langes Wasser, und ein Dampfer kam um die Waldecke und ein Kahn, zwei Kähne, viele Kähne...
Es wurde Abend, und der kleine Junge mußte ins Bett. Er war müde und selig aufgeregt, aber als ihn die Mutter über die Bettleiter hob, sagte er: »Hoppelpoppel!«
Der Vater sagte ernst: »Hoppelpoppel fährt mit der Puffbahn, Thomas. Hoppelpoppel kommt morgen.«

Das Kind sah seine Eltern fragend an, erst sagte es nichts, als aber dann das Licht ausgemacht wurde, bat es wieder, dringend: »Hoppelpoppel!«
»Thomas muß jetzt schlafen«, sagte die Mutter streng und machte die Tür von außen zu. Die Eltern standen atemlos und lauschten. Nein, kein Gebrüll, kein Weinen, sondern Stille. – »Er wird sich beruhigen«, sagte Mummi. »Aber besser ist doch, du gehst morgen zur Bahn und machst eine Verlustanzeige.«
»Schön«, sagte der Mann. »Obgleich es keinen Zweck hat. Denn der Zug fährt weiter nach Polen, und die werden uns grade einen Hoppelpoppel zurückschicken!«
Am nächsten Morgen machte der Vater seine Verlustanzeige, dann kam der Nachmittagsschlaf – aber nein, es kam kein Nachmittagsschlaf.
»Hoppelpoppel!«
»Hoppelpoppel kommt bald.«
»Nun! Gleich!!«
»Thomas muß schlafen!«
Gebrüll, Wut, Trostlosigkeit, Jammer, nur kein Schlaf. Und am Abend dasselbe. Das neue Häuserchen und das viele Wasser und der Garten und der Hund im Zwinger und die vielen Dampfer – alles nichts! Hoppelpoppel, lieber Hoppelpoppel – wo bist du? Hoppelpoppel, ein alberner, schwarzer Stoffhund, war eine finstere Wolke am Himmel, nach drei Tagen überhing sie alles!

»Also ich fahre morgen nach Berlin und kaufe einen neuen Hoppelpoppel«, sagte der Vater zur Mummi.
»Vielleicht kriegst du solch einen gar nicht?«
»Soll das, bitte, hier so weitergehen?!«
Der Vater fuhr also, und schließlich fand er auch seinen Stoffhund, er fand genau den Hoppelpoppel. Er war lange umhergelaufen, er hatte viel Fahrgeld ausgegeben, aber: Heute nacht wird Tom endlich wieder ruhig schlafen.
Der Vater war so glücklich über den kleinen Hund, am liebsten hätte er aller Welt Gutes getan. Da war im Abteil ein Kind, es war natürlich kein Kind wie der Thomas, nein, sondern ein dunkles, blasses Kind, es war ein meckriges Kind, es war ein schwieriges, störendes Kind, aber es war ein Kind... Es saßen noch zwei Herren im Abteil, das hielt den Vater nicht ab, er machte Kuckuck mit dem Kind, er lenkte es ab, er half der Mutter, so gut er konnte, aber es verschlug nichts, es blieb ein schwieriges Kind.
Der Vater nahm aus dem Netz das kleine braune Paket, das Kind sah zu. Er schnürte langsam das Paket auf, das Kind sah genau hin.
Was da wohl drin ist?
Er faltete das Papier auf, ließ ein bißchen sehen, mehr...
»Hoppelpoppel«, sagte der Vater ernst.
»Wauwau«, antwortete das Kind selig.

Es wurde nun doch eine sehr gute Bahnfahrt. Siehe, der dicke brummige Herr in der Ecke war ein rechter Großvater, er zog den Hoppelpoppel auf der leeren Bank zu sich hin. Hoppelpoppel hoppelte. Der Vater zog ihn am Schwanz zurück. Das Kind jauchzte.

Manchmal ging eine kleine Sorgenwolke über des Vaters Herz. »Wie weit fahren Sie?« fragte er die Mutter des Kindes.

»Bis Neu-Bentschen. Und Sie –?«

»Oh, ich muß viel früher raus. Ihr Junge wird ja den Hund bis dahin überhaben.«

»Das weiß ich nicht«, sagte die Frau. »Wenn er was liebt, dann liebt er es auch richtig.«

»Na, eine Weile fahren wir ja auch noch«, sagte der Vater nachdenklich und ließ den Hund bellen.

Der Vater kramte das braune Papier wieder vor und den Bindfaden. »Nun paß auf, jetzt geht Hoppelpoppel schlafen.«

Das Kind sah aufmerksam zu, aber dann, als der Hund im Papier verschwand, fing es an zu weinen. »Hoppäpoppä«, sagte es klagend.

Alle redeten auf das Kind ein, das Kind weinte stärker, der Vater sagte: »Ich brauche ihn ja schließlich nicht eingepackt mitzunehmen, er kann ihn ja noch den Augenblick halten...«

Das Kind nahm den Hoppelpoppel in den Arm, es lächelte, es lächelte – lieber Himmel!, es war doch ein sehr ähnliches Kind...

Der Zug fuhr langsamer, der Zug hielt.
»Nun gib dem Onkel den Hoppelpoppel.«
Das Kind hielt den Hund fest.
»Willst du wohl artig sein, gibst du –!«
»Aussteigen –!«
»Du sollst den Hund loslassen!«
»Gib mir doch den Wauwau, bitte, bitte! Ich habe auch einen kleinen Jungen ...«
»Sie wollen noch raus? Bitte beeilen!«
Alles ging durcheinander, das Kind weinte schmerzlich, der Schaffner schimpfte. Eine Hand (es war die Hand der Mutter) riß an der klammernden Kinderhand, das Weinen wurde lauter. Der Vater stand draußen mit seinem Hoppelpoppel, er dachte verwirrt: Wenn er was liebt, dann liebt er es auch richtig ...
Der Zug fuhr an, der Vater riß die Tür wieder auf, warf den Hund ins Abteil. Der Zug fuhr schneller, am Fenster waren Mutter und Kind zu sehen, das Kind hielt den Hoppelpoppel ...
Der Mann ging langsam durch den dunklen Wald nach Haus, er hatte es nicht eilig. Wenn er zu Haus ankommen würde, würde sein Junge grade ins Bett gebracht werden, er würde sehnsüchtig betteln: Hoppelpoppel! Der Mann bereute nicht, der Mann schalt sich nicht, er war nur traurig. Irgend etwas war nicht in Ordnung auf dieser Welt, irgend etwas stimmte nicht: Dem einen geben, daß der andere weint –?

Der Mann schloß die Tür auf, oben krähte der Tom. Der Mann ging langsam und leise die Treppe hinauf, er hing leise den Mantel fort, er zog seine Hausschuhe an... Schließlich mußte er doch die Tür aufmachen...
Da aß sein kleiner Sohn am Tischchen den Haferbrei, und auf dem Tischchen stand der Hoppelpoppel! Der Hoppelpoppel mit einem langen, langen Zettel am Hals.
»Sieh nur, Mann«, sagte die Mummi.
Auf dem Zettel standen viele bahnamtliche Vermerke, aber da stand auch: »Zbaszyń (Bentschen). Kleine schwazze Hund, särr biese. Beißt...«
»Kleine schwazze Hund, särr biese...«, sagte der Vater langsam.
Komisch: plötzlich war die Welt wieder in Ordnung.

Ein wesentlicher Unterschied zwischen Kindern und Erwachsenen ist der, daß die Großen ungefähr wissen, was sie vom Leben zu erwarten haben, die Kinder aber erhoffen noch das Unmögliche. Und manchmal behalten sie damit sogar recht.

Seit Mitte Dezember der erste Schnee gefallen war, dachte Herr Rogge wieder an den Weihnachtsbaum und die alljährlich wiederkehrenden endlosen Schwierigkeiten, bis er ihn haben würde. Die Kinder aber nahmen allmorgendlich ihre kleinen Schlitten und zogen in den Wald, den Weihnachtsmann zu treffen. Natürlich war es einfach lächerlich, daß es in diesem Lande mit Wald über Wald keine Weihnachtsbäume geben sollte. Überall standen sie, sie wuchsen einem gewissermaßen in Haus, Hof und Garten, aber sie gehörten nicht Herrn Rogge, sondern der Forstverwaltung. Der alte Förster Kniebusch aber, mit dem Herr Rogge sich übrigens verzankt hatte, verkaufte schon längst keine Baumscheine mehr.

»Wozu denn?« fragte er. »Es kauft ja doch keiner einen. Und wenn sie sich ihren Baum lieber ›so‹ besorgen, habe ich doch den Spaß, sie zu erwischen, und ein Taler Strafe für einen Baum, den ich ihnen aus den Händen und mir ins Haus trage, freut mich mehr als sechs Fünfziger für sechs Baumscheine.«

So würde also Herr Rogge sich entweder den Baum »so« besorgen müssen – was er nicht tat, denn erstens stahl er nicht, und zweitens gönnte er Kniebusch nicht die Freude –, oder er würde achtzehn Kilometer in die Kreisstadt auf den Weihnachtsmarkt fahren müssen, zur Besorgung eines Baumes, der ihm vor der Nase wuchs – und das tat er erst recht nicht, und den Spaß gönnte er Kniebusch erst recht nicht. Blieb also nur die unmögliche Hoffnung auf den Weihnachtsmann und seine Wunder, die die Kinder hatten.

Gleich hinter dem Dorf ging es bergab, einen Hohlweg hinunter, in den Wald hinein. Manchmal kamen die Kinder hier nicht weiter, über dem schönen sausenden Gleiten vergaßen sie den Weihnachtsmann und liefen immer wieder bergan. Heute aber sprach Thomas zum Schwesterchen: »Nein, es sind nur noch drei Tage bis Weihnachten, und du weißt, Vater hat noch keinen Baum. Wir wollen sehen, daß wir den Weihnachtsmann treffen.«

So ließen sie das Schlitteln und traten in den Wald. Was der Thomas aber nicht einmal dem Schwesterchen erzählte, war, daß er Vaters Taschenmesser in der Joppe hatte. Mit sieben Jahren werden die Kinder schon groß und fangen an, nach Art der Großen ihren Hoffnungen eine handfeste Unterlage zu verschaffen. –

Der alte Kakeldütt war das, was man früher ein

»Subjekt« nannte, wahrscheinlich, weil er so oft das Objekt behördlicher Fürsorge war. Aus dem mickrigen Leib wuchs ihm ein dürrer, faltiger, langer Hals, auf dem ein vertrocknetes Häuptlein wie ein Vogelkopf nickte. Wenn der Herr Landjäger sagte: »Na, Kakeldütt, denn komm mal wieder mit! Du wirst ja wohl auch allmählich alt, daß du vor den sehenden Augen von Frau Pastern ihre beste Leghenne unter deine Jacke steckst«, dann krächzte Kakeldütt schauerlich und klagte beweglich: »Ein armer Mensch soll es wohl nie zu was bringen, was? Die Pastern hat 'ne Pieke auf mich, wie? Und Sie haben auch 'ne Pieke auf mich, Herr Landjäger, wie? Natürlich in allen Ehren und ohne Beamtenbeleidigung, was?« Und bei jedem Wie und Was ruckte er heftig mit dem Häuptlein, als sei er ein alter Vogel und wolle hacken. Aber er wollte nicht hacken, er ging ganz folgsam und auch gar nicht unzufrieden mit.

Wir aber als Erzähler denken, wir haben unsere Truppen nun gut in Stellung gebracht und die Schlacht gehörig vorbereitet: Hier den alten Förster Kniebusch, der gern Tannenbaumdiebe fängt. Dort den Vater Rogge, in Verlegenheit um einen Baum. Ziemlich versteckt das anrüchige Subjekt Kakeldütt mit großer Findigkeit für fragwürdigen Broterwerb, und als leichte Truppen, die das Gefecht eröffnen, Thomas und sein Schwesterchen, ziemlich gläubig noch, aber immerhin mit einem

nicht einwandfrei erworbenen Messer in der Tasche. Im Hintergrund aber die irdische Gerechtigkeit in Gestalt des Landjägers und die himmlische, vertreten durch den Weihnachtsmann.
Alle an ihren Plätzen? Also los!
Das erste, was man durch den dick mit Schnee gepolsterten, stillen Wald hört, ist: ritze-ratze, ritze-ratze... Kakeldütt, erfahrener auf dunklen Pfaden als der siebenjährige Thomas, weiß, daß ein Tannenbaum sich schlecht mit einem Messer, gut mit einer Säge von den angestammten Wurzeln lösen läßt.
Herr Rogge, in Zwiespalt mit sich, greift nach Pelzkappe und Handstock: Hat man keinen Tannenbaum, kann man sich doch welche im Walde beschauen. Kniebusch stopft seine Pfeife mit Förstertabak, ruft den Plischi und geht gegen Jagen elf zu, wo die Forstarbeiter Buchen schlagen. Die Kinder haben unter einem Ginsterbusch im Schnee ein Hasenlager gefunden, hinten ist es zart gelblich gefärbt.
»Osterhas Piesch gemacht!« jauchzt Schwesterchen.
Die alte gichtige Brommen aber hat schon zwanzig Pfennig für den Kakeldütt, der ihr weißwohlwas besorgen soll, bereitgelegt. Ritze-ratze... Ritze-ratze...
Förster Kniebusch – die akustischen Verhältnisse in einem Walde sind unübersichtlich –, Förster

Kniebusch ruft leise den Hund und windet. »I du schwarzes Hasenklein! War das nun drüben oder hinten –? Warte, warte...«

Ritze-ratze...

Thomas und das Schwesterchen horchen auch. Schnarcht der Weihnachtsmann wie Vater –? Hat er Zeit, jetzt zu schnarchen –?! Friert er nicht –? Erfriert er gar – und ade der bunte Tisch unter der lichterleuchtenden Tanne?!

Ritze-ratze...

Herr Rogge hat die Fußspuren seiner Kinder gefunden und vergnügt sich damit, ihre Spuren im Schnee nachzutreten, mal Schwesterchens, mal Brüderchens. Auch er findet das Hasenlager, auch er spitzt die Ohren. Thomas wird doch keine Dummheiten machen? denkt er. Ich hätte doch in die Stadt fahren sollen.

»Ach nee, ach nee«, stöhnt ganz verdattert Kakeldütt, wackelt mit dem Vogelkopf und starrt auf die Kinder. »Wer seid denn ihr? Ihr seid wohl Rogges –?«

»Das ist der Weihnachtsbaum«, sagt Thomas ernst und betrachtet die kleine Tanne, die mit ihren dunklen Nadeln still im Schnee liegt.

»Weihnachtsbaum – Weihnachtsmann«, brabbelt Schwesterchen und sieht den ollen Kakeldütt zweifelnd an. Ist das ein echter Weihnachtsmann? Enttäuschung, Enttäuschung – ins Leben wachsen heißt ärmer werden an Träumen.

»Ich hab ’nen Baumschein vom Förster, du Roggejunge«, verteidigt sich Kakeldütt ganz unnötig.
»Hilfst du mir auch bei unserer Tanne?« fragt Thomas und greift in die Joppentasche. »Ich hab ein Messer.«
In Kakeldütts Hirn erglimmen Lichter. Rogges haben Geld. Sie zahlen nicht nur zwanzig, sie zahlen fünfzig Pfennig für einen Weihnachtsbaum. Sie zahlen eine Mark, wenn Kakeldütt den Mund hält.
»Natürlich, Söhning«, krächzt er und greift wieder zur Säge. »Nehmen wir gleich den –?«
Herr Rogge auf der einen, Förster Kniebusch auf der anderen Seite den Tannen enttauchend, sehen nur noch Thomas und Schwesterchen. Keinen Kakeldütt.
»Thomas!« ruft Herr Rogge drohend.
»Rogge!« ruft Kniebusch triumphierend.
»Nanu!« wundert sich Thomas und starrt auf die Äste, die sich noch leise vom weggeschlichenen Kakeldütt bewegen. Der Sachverhalt aber ist klar: ein abgeschnittener Baum, ein Junge mit einem Messer in der Hand...
»Ich freu mich, Rogge«, sagt Kniebusch und freut sich ganz unverhohlen. »Stille biste, Plischi!« kommandiert er dem Hund, der in die Schonung zieht und jault.
»Du glaubst doch nicht etwa, Kniebusch?« ruft Rogge empört. »Thomas, was hast du getan?! Was machst du mit dem Messer?«

»Deinem Messer, Rogge«, grinst Kniebusch.
»Hier war 'n Mann«, sagt Thomas unerschüttert. »Wo ist der Mann hin?«
»Weihnachtsmann«, kräht Schwesterchen.
Kinder zu erziehen ist nicht leicht – Kinder vorm Antlitz triumphierender Feinde zu erziehen ist ausgesprochen schwer. »Komm einmal her, Thomas«, sagt Herr Rogge mit aller verhaßten väterlichen Autorität. »Was machst du mit meinem Messer? Woher hast du mein Messer?« Er gerät unter dem Blick des andern in Hitze. »Wie kommt die Tanne hierher? Wer hat dir gesagt, du sollst eine Tanne abschneiden?«
»Hier war 'n Mann«, sagt Thomas trotzig im Bewußtsein guten Gewissens. »Vater, wo ist der Mann hin?«
»Weihnachtsmann weg!« kräht Schwesterchen.
»Sollst du lügen, Tom?« fragt Herr Rogge zornig. »Ekelhaft ist so was! Komm, sage ich dir...« Und mit aller väterlichen Konsequenz eilt er mit erhobener Hand auf den Sohn zu. Ausgerechnet angesichts von Kniebusch als Waldfrevler erwischt! Nichts mehr scheint eine väterliche Tracht Prügel abwenden zu können.
»Halt mal, Rogge!« sagt Förster Kniebusch mit erhobener Stimme und zeigt mit dem Finger auf den frischen Baumstumpf. »Das ist gesägt und nicht geschnitten.«
Rogge starrt. »Wo hast du die Säge, Junge?«

»Hier war ’n Mann«, beharrt Thomas.
»Und recht hat der Junge, und du hast unrecht, Rogge«, freut sich der Kniebusch. »Da die Spuren – das sind nicht deine und nicht meine. – Und du hast überhaupt meistens und immer unrecht, Rogge. Damals, als wir uns verzürnt haben, hattest du auch unrecht. Fische können nicht hören! Du bist rechthaberisch, Rogge, und was war hier für ein Mann, Junge?«
»Ein Mann.«
»Und wenn ich dieses Mal unrecht hab, aber ich hab’s nicht, denn wozu hat er das Messer? – Damals hatte ich doch recht. Und Fische können sehr wohl hören...«
»Unsinn – in den Kuscheln muß er noch stecken, Rogge! Los, Plischi, such, du guter Hund! Los, Rogge, den Kerl zu fassen soll mir zehn Weihnachtsbäume wert sein. Los, Junge, faß deine Schwester an, wenn du ihn siehtst, schreist du!«
Und los geht die Jagd, immer durch die Tannen, wo sie am dicksten stehen.
»Weihnachtsmann!« ruft Schwesterchen. Die Tannennadeln stechen, und der Schnee stäubt von den Zweigen in den Nacken.
»Also lassen wir es«, sagt nach einer Viertelstunde Förster Kniebusch mißmutig. »Weg ist er. Wie in den Boden versunken. – Du kannst doch die Tanne brauchen, fünfzig Pfennig zahlst du, und so hat das Forstamt wenigstens was von dem Gejachter.«

Aber wo ist die Tanne? Dies ist der Platz, denn hier steht der Stumpf – aber wo ist die Tanne?

»I du schwarzes Hasenklein!« sagt Förster Kniebusch verblüfft. »Der ist uns aber über, Rogge! Holt sich noch den Baum, während wir hier auf ihn jagen. Na warte, Freundchen, wenn ich dir mal wieder begegne! Denn die Katze läßt das Mausen nicht, und einmal treffe ich sie alle... Gib mir das Messer, Junge, damit ihr wenigstens nicht leer nach Hause geht. Ist der dir recht, Rogge? Schneidet sich elend schlecht mit 'nem Messer, das nächstemal bringst du besser 'ne Säge mit, Junge, weißt du, einen Fuchsschwanz...«

»Kniebusch –!« schreit Herr Rogge förmlich. Aber auf diesen Streit der beiden brauchen wir uns nicht auch noch einzulassen, er ist schon alt und wird aller Wahrscheinlichkeit nach noch sehr viel älter werden.

Jedenfalls faßte Thomas auf dem Heimwege seine Meinung dahin zusammen: »Ich glaube, es war doch der Weihnachtsmann, Vater. Sonst hätte er doch nicht so verschwinden können, Vater! Wo der Hund mit war.«

»Möglich, möglich, Tom«, bestätigte Herr Rogge.

»Aber, Vater, klauen denn die Weihnachtsmänner Weihnachtsbäume?«

»Ach, Tom –!« stöhnte Herr Rogge aus tiefstem Herzensgrunde – und war sich gar nicht im klaren darüber, wie er diesen Wirrwarr in seines Sohnes Herzen entwirren sollte. Aber schließlich war in drei Tagen Weihnachten. Und vor einem strahlenden Tannenbaum und einem bunten Bescherungstisch werden alle Zweifel stumm und alle Kinderherzen gläubig.

Ich möcht wirklich gern mal wissen, wie das bei andern Leuten mit ihren Festtagen und besonders mit Weihnachten ist, ob da alles wirklich immer klappt? Natürlich tun wir stets so, als sei auch bei uns alles in Ordnung, aber ich hab noch kein Weihnachtsfest erlebt, wo's glatt ging bei uns. Daß eines von uns zum Fest todsterbenskrank wird, das ist noch 'ne Kleinigkeit, aber was meint ihr zu 'nem Heiligen Abend, wo 'ne halbe Stunde vor der Bescherung uns Einbrecher alle Geschenke einschließlich Baum und Festbraten klauten? Oder ein Fest mit Stubenbrand, Feuerwehr und Wasserschaden? Oder ein bunter Teller, auf den ein von uns nie entdeckter Witzbold zwischen die Süßigkeiten Laxinkonfekt geschmuggelt hatte, und wir mußten die ganzen Festtage laufen, laufen, laufen –?!!

Das kommt natürlich alles daher, daß wir »Pech« heißen; wer Pech heißt, muß Pech haben, sagt Vater immer. Vater hat noch 'ne ganze Menge solcher verschrobenen Redensarten, zum Beispiel sagt er oft, auch wenn alle Leute dabei sind, ganz laut: »Auf mir trampeln se alle egalweg rum!« oder: »Ich bin ja nur ein Wurm!« oder wenn ihm wer die Hand geben will: »Achtung! Wer Pech anfaßt, besudelt sich!«

Ihr macht euch aber ein ganz falsches Bild von Vatern, wenn ihr euch einbildet, Vater ist ein solch demütiger, schleichender Waschlappen; im Gegenteil, Vater ist ein Mann, auf den jeder Junge stolz sein kann, und das bin ich auch! Vater hat sich bloß daran gewöhnt, all das Pech, das uns zustößt und das jeden andern längst zum Selbstmord getrieben hätte, einfach komisch zu nehmen. Ja, manchmal denke ich, Vater mag es gar nicht, wenn irgendwas bei uns so glatt geht wie bei andern Leuten. Da wird er ganz unruhig! Wenn Vater sich morgens rasiert, singt er immer ein selbstgedichtetes und selbstkomponiertes Lied, in dem so 'ne Zeilen vorkommen: »Dem Schicksal meine zottige Brust!« und »Gelobt seist du Pech, du machst mich nur frech! Ich winsele nie, werde kein demütiges Vieh!«

Ich selbst heiße Peter Pech, gehe in die Obertertia und bin wirklich gespannt darauf, ob ich dieses Mal versetzt werde. Voriges Mal bin ich klebengeblieben, aber das lag wirklich weder an meinen Geistesgaben noch an meinem Fleiß, sondern allein an meinem Pech – aber das ist eine ganz andere Geschichte, wie Kipling sagt. Diese Geschichte aber, wie's vorige Weihnachten 1945 bei uns zuging, erzähle ich, der Obertertianer Peter Pech, nur darum, um sie an eine Zeitung zu verkaufen. Ich brauche nämlich Geld, nicht nur so dringend wie immer, sondern diesmal extraextra dringend, weil ich nämlich all meine für Geschenke gesparten Piepen an Vater abgeliefert habe. Davon und von son-

stigen milden Gaben der Familie hat er die Gebühren für einen neuen Gasanschluß bezahlt – wir haben nämlich endlich Gas in unsere Hausruine gekriegt, was ja an sich erfreulich ist, aber warum wird so was grade vierzehn Tage vor dem Fest kassiert –?! Aber natürlich: Pech der Pechvögel!
Schon lange vorm Fest bestimmt Vater immer, wer was zu besorgen hat; auf mich fiel 1945 der Tannenbaum mit seinen grünen Blättern. Wir hatten uns natürlich lange überlegt, ob wir überhaupt Weihnachten feiern sollten. Der Zusammenbruch lag uns noch schwer in den Gliedern, und in unserer trauten Ruine fehlte es uns auf vielen Gebieten noch an dem Nötigsten. Aber dann haben wir an unsere Zwillinge gedacht, an Palma und Petta, wie wir unsere beiden sechsjährigen Pechösen, meine Schwestern, nennen – die ohne Weihnachtsmann und Lichterbaum zu lassen, wäre zu gemein gewesen!
Ich sollte also einen Baum besorgen. In den Zeitungen stand nun freilich zu lesen, daß es Bäume zu kaufen geben würde..., zwar nicht für alle..., aber bestimmt für kinderreiche Familien..., und zu sechs Geschwistern sind wir ziemlich kinderreich. Aber so ein glatter Weg kommt für Pechens nie in Frage: sich auf so etwas zu verlassen, wäre eine Herausforderung des Himmels gewesen!
Viele fuhren ja auch einfach mit der Bahn und organisierten sich 'ne Tanne: bei so was aber wäre ein

Pech stets reingefallen. Dasselbe war gegen eine bildschöne Blautanne zu sagen, die hinter einer ausgebombten Villa ziemlich in unserer Nähe stand – mein Herr Bruder, der Quartaner Paul Pech, hatte mich auf dies Bäumchen aufmerksam gemacht. (Übrigens: Vater hat uns Kindern allen Vornamen mit »P« gegeben, er meint, wir machen die Leute am besten gleich auf unser Pe-Pech aufmerksam!)

»Nee, Paule«, habe ich zu meiner brüderlichen Liebe gesagt. »Nich in die Lamäng! Wenn ick – un ick will die Blautanne holen, denn isse bestimmt schon wech, un außerdem schnappen die mir, un immer feste rin ins Loch – nee, is nich! Un drittens, un übahaupt: wat heeßt hier Blautanne?! Sind wa Pechs etwa blaublütich –?! Wie kommen wa zu sowat feenet?! Fichte, sa' ick dir, schlichte Fichte, aus die se dermaleinstens unser schlichtet Jrabjehäuse zimmern wern; Fichte is Pechens ihre Parole!«

Auf dem Pennal haben wir in unserer Klasse einen bärtigen Knaben gehabt, dessen Vetter, von dem der Vatersbruder, also so was wie 'n Stiefonkel, der ist Förster bei Falkensee in der Drehe. Mit dem Knaben bin ich schnell handelseins geworden; er lieferte mir 'ne Fichte vom 3 m 20, und ich lieferte ihm ein halbes Jahr lang alle deutschen Aufsätze, im vorbildlichen Pechstil. Als Liefertermin – denn ich bin ein Pech, das heißt ein vorsichtig-mißtrauischer Mensch – war der 1. Dezember vorgesehen. Aber bereits um den 7. herum begriff ich, daß mein Knabe hinreichend langsamen Geistes war, um mir bestenfalls zum 1. Dezember 1946 besagte Fichte zu liefern – seine Gangschaltung war nicht in Ordnung, für diese Zeiten kam der Frühbebartete zu langsam auf Touren.

Mußte ich also ’nen andern Lieferanten finden, und allmählich, das heißt so am 8. Dezember, wurde es ja auch an der Zeit. Zu meinen Ämtern gehörte es auch, Bier aus unserer Eckkneipe zu holen, wenn Pechens sich gerade mal Bier spendierten. So ’ne Eckkneipe ist heutzutage ein komischer Ort – aber welchem Berliner muß ich das erst noch weitläufig deklarieren?! Kurz, durch die Eckkneipe ergab sich die Möglichkeit, einen Tannenbaum zu erwerben.

Unsere Wirtin Qualle (von wegen ihrer Wabbligkeit so getauft) machte mich mit einem biederen Greis bekannt, einem Alten, Besitzer sowohl eines graugelbweißen Schnauzbartes als auch eines Dauer-Nasen-Tropfens, der immer zu drippen drohte und doch nie fiel. Der Alte besaß, wie Qualle gehört haben wollte, in Buchholz ein Baugrundstück, auf dem er..., aber lassen wir den ehrlichen Alten selber sprechen!

»Weeßte, junger Mann«, sprach der Greis und funkelte diamanten unter der Nase, »weeßte, ich ha’ da noch an de Stücker een Dutzend Christbäume

stehen. Ick broochte dir nicht, aba ick ha't int Kreuze, ick kann mir nicht bücken. Daderdrum, vastehste?! Du machst Stücker viere ab und schleppst se bei Muttan, und daderfor sollste eenen von die viere kriejen, ohne Spesen!«
»Ick wer meenen Bruder Paule mitnehmen!« sagte ich.
»Nischt!« antwortete der weißgelbgraue Schnauz. »Nischt wie Beil un Büjelsäje. Nee, Säje kannste ooch sparen, Beil jenügt. Un knöpp et dir untan Überzieha, sonst latschen uns jleich sechse nach, un ick bin meene Bäume los!«
»Ick wert Beil in 'ne Aktentasche tun«, schlug ich vor. »Aber Paule könnte trajen helfen!«
»Nischt!« sprach der trutzige Greis von altem Schrot und Korn. »Nur wa zwee beede. Sonst nischt. Um sechse früh uff'en Sonntag bei die Pankower Kirche!«
»Um sechse is doch noch dunkel!«
»Nischt! Eh wa raus sind, ist helle!«
Am Sonntag hat mich der Biedere versetzt und sich am Dienstag, als ich ihn glücklich in der Eckkneipe erwischte, mit Reißmatüchtich entschuldigt. Er konnte erst wieder am kommenden Sonntag – und das war verdammt knapp von wegen direkt drohendem Fest. Zu Haus haben mich sämtliche Pechvögel schon verastet, Paulus verstärkte, wie er sagte, seine Pupille auf die Blautanne, Mutter jammerte ein bißchen wegen der Festfreude von Palma

und Petta, und Vater sagte: »Auf uns trampeln se eben alle rum!«
Aber am Sonntag, der kam, fuhren wir wirklich mit der 49 nach Buchholz raus, der Schnauz hatte mich nicht versetzt diesmal. Nasentröpfchen rauchte aus einer halblangen Porzellanpiepe, auf deren Kopf Seine Majestät der Kaiser noch in Kürassieruniform residierte, gewaltige Wolken stinkenden Eigenbaus blasend, als wir, es wurde grade dämmrig, durch Buchholzens Kleingärten marschierten. Erst kam Kolonie Ertragreich, ihr folgte Kolonie Parkheim. Dann gingen wir um viele Ecken, ich war ganz verbiestert.
Schließlich hielt der rüstig fürbaß Schreitende inne. Es war ein mächtig feines Grundstück, groß, mit alten Bäumen und viel Gebüsch und einem durablen Drahtzaun rum. Ich fragte: »Und *das* Grundstück gehört Ihnen. Das muß ja ein paar Hunderttausend wert sein!«
»Nischt« antwortete er wieder einmal. »Meenem Sohn seine Frau. Aba ick ha' de Vawaltung!«
Er kramte in seinen Taschen nach dem Schlüssel und rauchte dabei wie eine Enttrümmerungslokomotive. Er kramte ziemlich länglich.
»Na –?« fragte ich schließlich.
»Nischt!« antwortete er und gab's auf. Er nannte mich und mein Schicksal beim Namen, ohne es zu wissen. »Pech!« nannte er's. »Ich ha' den Schlüssel noch uffen Tisch jepackt. Un nu doch vajessen!

Hilft nischt! Müssen wa noch mal raus! Nächsten Freitag kann ick!«
Ich war maßlos enttäuscht. »Freitag is ville zu spät! Können wa nich jleich heut noch ma?!«
»Nischt! Vaabredung!«
»Aber ich muß endlich einen Baum kriegen! Ich hab mich fest auf Sie verlassen!« (Vor Verzweiflung sprach ich richtig Deutsch!)
»Un ick valaß dir nich! Freitag. Pankower Kirche. Sechse!«
»Das ist zu spät!« rief ich wieder. Ich dachte an die Zwillinge Petta und Palma, auch an den Flachs von Paul, Pamela, Petra und Vater. »Ach was!« rief ich. »Helfen Sie mir rüber! Ich schaff es schon!«
»Wenn de meenst du schaffst det!«
Ich kletterte schon am Zaun hoch, mit einem Fuß stand ich auf der Klinke. Es ging – ich kam ganz glatt auf die Erde.
»Reichen Sie mir mal die Aktentasche rüber! – Wo stehen die Bäume denn?«
»Imma de Neese lang, Hauptwech runter! Denn rechts ab, bis de det Glasdach vont Jewächshaus sehen tust. Denn links – da stehn se. Nimm de vier besten; ick wart denn hier!«
Ich gehe los; einmal habe ich mich auch verbiestert, aber dann habe ich doch hingefunden – es wurde jetzt langsam hell. Die vier besten habe ich nicht nehmen können, die waren für die Elektrische viel zu groß; ich habe die vier kleinsten genommen, die

waren auch noch schön genug. Überhaupt war's eigentlich schade darum, sie waren wie 'ne richtige Mauer um eine Bank rum gepflanzt; hoffentlich war die Schwiegertochter von dem Alten wirklich mit dem Abhauen einverstanden. Aber das war nicht meine Sache.
Also, ich hab sie abgehauen und bin grade dabei, die Zweige mit Bindfaden, den ich mir eingesteckt hatte, ein bißchen zusammenzubinden, da krieg ich einen Schlag ins Genick, daß mir schwarz vor den Augen wird und ich glatt auf meine Fichten fliege. Ich rappel mich gleich wieder, stehe auf, da kriege ich einen Schwinger, daß ich wieder zur Erde muß – sie hätten mich auszählen können. Schließlich war ich soweit, daß ich die beiden Kerle wütend anschreien konnte: »Laßt das mal gefälligst! Ich hab Erlaubnis!«
»So!« sagte einer in einer grünen Joppe. »Erlaubnis –? Von wem haste denn die Erlaubnis, Sehnchen?«
»Von dem –« Fällt mir doch ein, daß ich von dem Alten nicht mal den Namen weiß. »Na – von dem Schwiegervater der Besitzerin doch!«
»Ach nee?« grinst nun der andere in braunen Manchesterhosen. »Schwiegervater von der Besitzerin - gibt's so was auch? Wer ist denn das?«
»Namen weiß ich keinen«, sag ich immer noch wütend und steh auf. Mein Gesicht brannte wie Feuer. »Aber Sie müssen den Alten doch kennen! Hat 'ne

Porzellanpfeife mit dem Kaiser drauf und immer einen Tropfen an der Nase!«
Der Manchesterne will was sagen, aber der Grüne läßt ihn nicht zu Worte kommen, sondern fragt: »Wo haste denn den Schwiegervater mit dem Nasentroppen?«
Ich beschrieb ihnen genau, wo er stehen mußte.
Die Joppe sagte: »Hol dir noch Ernst und Willi zu und sieh, daß du den Alten fängst – wenn's den überhaupt gibt. Mit dem Sehnchen hier werde ich schon allein fertig.« Der Manchesterne zog ab, und die Joppe sagte: »Sehnchen, das werde teure Weihnachtsbäume! Da kommste ohne Kittchen nich von ab!«
Bei den Worten wurde mir erst klar, in welch verdammter Mausefalle ich steckte, ich dachte an Vater, an das Pennal – über die Familie würde ich Schande bringen, und auf dem Pennal würde man mich schassen! Ich überlegte rasch: Ich hatte nichts bei mir, was mich verraten konnte (damals gab's die Kennkarten noch nicht). Wenn ich ihnen meinen Namen nicht nannte, wenn ich unter dem Namen Schmidt oder Schulze meine Strafe abbrummte, würden die Eltern sich schreckliche Sorgen machen, aber mehr als zwei Wochen konnte ich auch im Höchstfalle eigentlich nicht kriegen, und dann waren Ehre und Schulbesuch gerettet, ich durfte nur meinen pechösen Pechnamen nie verraten.

Während ich so überlegte, habe ich meine Kleider so einigermaßen wieder in Ordnung gebracht, und mein Bewacher sagt nun: »Na, denn nimm die Bäume und komm mit!«
Ich tat, wie er gesagt hatte. Wir mußten nur um ein paar struppig-dichte Gebüsche herumgehen, da standen wir schon vor einer Gebäudegruppe. »Großgärtnerei und Baumschulen Hoppe & Co.« las ich. Nur ein vollendeter Trottel wie der alte »Nischt« konnte auf die Idee kommen, so in nächster Nähe von bewohnten Gebäuden auf die Tannenbaumernte zu gehen, die mußten den Klang meines Beiles in ihren Stuben gehört haben! Aber, fiel mir ein, so ein vollendeter Trottel war der Alte gar nicht, der lief, da ich nichts von ihm wußte, nicht das geringste Risiko: Wenn ich was brachte, war's gut; fiel ich aber rein, fiel ich allein rein!
Auf dem Hof der Gärtnerei, von dem auch der Hauptausgang zur Straße war, standen an ein Dutzend Leute, auch Frauen darunter, und sie schienen nicht übel Lust zu haben, mir noch eine kräftige Abreibung zu verpassen, als ich meine Tannenbäume ablud. Aber mein Begleiter hinderte sie daran. Ich wurde in ein Büro gebracht und dort von zwei jungen Gärtnergehilfen bewacht, während mein Begleiter den Chef wecken ging. Unterdes kam die Manchesterhose mit Willi und Ernst zurück; wie ich schon befürchtet hatte, war Nasentröpfchen verschwunden. Ich beschwor sie, rasch

einen Radfahrer zur Endhaltestelle der 49 zu schikken – aber sie glaubten mir kein Wort mehr von dem Alten. Das war der große Unbekannte, auf den sich anscheinend alle Verbrecher rausreden.
Dann kam der Chef; er hatte ein nettes, offenes Gesicht, aber jetzt war er sehr ärgerlich: Ich hatte den Lieblingsplatz seiner Frau grausam geschändet. Sie fingen an, mich zu vernehmen; später kam jemand von der Polizeiwache und vernahm mich auch. Aber eigentlich war nichts zu vernehmen. Ich gab an, Hans Schmidt zu heißen, in der und der Straße zu wohnen und den Alten in einer Kneipe, an die ich mich nicht erinnerte, kennengelernt zu haben. Ich hatte mit gutem Gewissen die Tannenbäume holen wollen. Das war alles, was ich zu wissen vorgab, und nach drei Stunden Vernehmung waren sie noch nicht weiter: Ich kann auch mächtig dickköpfig sein!
So schafften sie mich denn auf die Wache und vernahmen mich dort mit dem gleichen Mißerfolg weiter. Am Abend war ich im Hauptpolizeigefängnis gelandet, und am nächsten Tage wurde ich von einem richtigen Kriminalbeamten vernommen. Aber der erreichte auch nicht mehr als die andern. Ich dachte immer nur an die Schande, die ich meiner Familie machen würde, und an den Rausschmiß aus der Schule. Dazu hatte ich noch irgendwelche Kriminalromane im Kopf, nach denen es sehr gut möglich war, sich unter einem falschen

Namen verurteilen zu lassen und unter einem falschen Namen seine Haftstrafe abzubüßen.
Es dauerte sehr lange, bis ich begriff, daß so was – vielleicht! – woanders möglich ist, aber nicht bei uns. Bei uns würde man mich so lange in Polizeihaft halten, bis sie meinen richtigen Namen raushatten, und wenn das Wochen dauerte! Aber ich war damals begriffsstutzig, es wollte nicht in meinen Kopf rein. Dabei machte mich die Haft und das herannahende Weihnachtsfest immer trübsinniger, ich dachte ständig an die zu Hause, die Todesangst, die sie um mich ausstehen mußten, das völlig verdorbene Fest. Ich war der Pechöseste aller Pechs, noch keinem Pech hatte das Schicksal so mitgespielt wie mir. Ich kam, als es nun wirklich der Tag vom Heiligen Abend geworden war, sogar soweit, daß ich die Heizungsrohre in der Zelle prüfend anschaute und die Schlafdecke, erst mal in Gedanken, in Streifen zerriß; ich spielte mit dem Selbstmord.
Aus diesen düsteren Gedanken wurde ich wieder mal zu meinem Kommissar zur Vernehmung geholt, und wie ich da die Stube betrete, sagt eine geliebte Stimme: »Richtig, Herr Kommissar! Dieser Hans Schmidt ist recte ein Peter Pech – Peter, du Unglücksrabe, komm zu deinem alten Vater!«
Ich bin Vatern in die Arme gestürzt und habe geheult, geheult habe ich! Und mit meinen Tränen habe ich all meine Blindheit und Torheit fortgewa-

schen, und als ich mein Gesicht endlich wieder abgetrocknet hatte, fing ich zu erzählen an, die Wahrheit, die ganze Wahrheit, nichts als die Wahrheit, von der Eckkneipe, der Qualle, von Nasentröpfchen, dem Besitzer eines Nasentröpfchens, dem Schwiegervater, einem großen Baugrundstück mit altem Parkgrundstück...

»Ja, so wird ein Schuh draus!« sagte der Kommissar und machte ein zufriedenes Gesicht. »Und hören Sie mal zu, mein Sohn...«

Und dann hielt er mir eine gepfefferte Strafpredigt über all die Mühe und Arbeit und die Kosten, die ich währenddes dem Vater Staat gemacht hatte. Worauf ich mit Vater gehen durfte. Himmel, wie mir zumute war, als ich die Straße betrat, endlich frei! Ich dachte an all die Unglücklichen, für die kein Vater grade zur rechten Stunde am Weihnachtstag einsprang, sie in Fest und Freiheit zu führen, und ich dachte auch daran, wie ich durch meine eigene Dummheit beinahe um all dies gekommen wäre.

Vater sagte mir das auch. Er meinte, grade wenn man ein Pech sei und heiße, habe man die Pflicht, einem widrigen Schicksal entgegenzuwirken und es nicht durch Unbedachtheit und Torheit zu unterstützen. Ich möge gefälligst einmal an die Todesangst denken, die ich der ganzen Familie Pech, der Mutter zuvor, eingejagt hätte; und daß sie auf den Gedanken gekommen wären, den als vermißt ge-

meldeten Sohn erst einmal unter den Polizeigefangenen zu suchen, das hätte ich allein meinem Bruder Paul zu verdanken, dem grade zur rechten Zeit meine Weihnachtsbaumbesorgung eingefallen sei!
Daß unser Weihnachtsfest 1945 kein voller Erfolg war, kann sich jeder denken. Petta und Palma fanden, daß ein Tannenzweig, mit drei Lichtlein besteckt, kein Ersatz für einen funkelnden Weihnachtsbaum ist, und wir Großen standen alle noch zu sehr unter dem Eindruck der Angst, die wir in den letzten zwei Wochen ausgestanden hatten. Ich denke, Weihnachten 1946 wird in jeder Hinsicht ein größerer Erfolg werden.
Mir selbst war es gar nicht so unrecht, daß es keinen Weihnachtsbaum gab, ich hätte ihn nicht ohne Selbstvorwürfe ansehen können. In diesem Jahre haben wir, da ich diese Zeilen schreibe, bereits unser Bäumchen – von Pamela besorgt. Es steht, damit die Zwillinge es nicht vor der Zeit sehen, um die Ecke herum auf dem Küchenbalkon, und ich besuche das Fichtchen dann und wann, mein Herz an seinen Anblick zu gewöhnen. Dann denke ich an den Lieblingsplatz von Frau Gärtnereibesitzerin Hoppe, der durch mich seiner geschlossenen Schutz- und Zierwand beraubt ist, und ich schwöre mir wieder einmal zu, mehr Obacht auf die Schlingen zu geben, die das Leben auch dem Redlichen, besonders heute, stellt.

Aber ich hätte – trotz alles mir fehlenden Weihnachtsgeldes – diese kleine Geschichte nicht erzählen dürfen, wenn ich ihr nicht auch in einem andern Punkte einen Abschluß geben könnte. Ja, ich habe im Jahre 1946 an zwei Tagen dem Schulunterricht fernbleiben müssen, wie man sagt, aus Gründen, die nicht gesundheitlicher Natur waren. An einem Tage mußte ich wieder mal ins Polizeigefängnis, und dort wurde mir ein alter Schnauz gezeigt –: »Er ist es!« rufe ich, denn auch das Nasentröpfchen fehlte nicht, obwohl wir Juni schrieben.

»Nischt!« sagte Nasentröpfchen gekränkt. »Den jungen Mann kenn ick jar nich! Nie jesehn!«

Und auch als ich auf Wunsch des Kriminalbeamten noch einmal die ganze blamable Geschichte erzählt hatte, blieb er bei seinem »Nischt«.

Das zweite Mal blieb ich dem Unterricht fern im August, um der Verhandlung gegen Nasentröpfchen beizuwohnen. Ich habe dieser Verhandlung von der ersten bis zur letzten Minute gelauscht, soweit dies meine Zeugeneigenschaft zuließ, und ich habe dabei erfahren, welch häßlicher Wolf im Schafspelz dieser Alte war.

Das einzige Mal, daß Nasentröpfchen etwas tat und sagte, was meine Zustimmung fand, war, als der Richter ihn am Schluß der Verhandlung fragte, was er etwa zur Entlastung vorzubringen habe.

»Nischt!« antwortete Nasentröpfchen.

Mindestens einmal im Jahre, zu irgendwelchen Ferien, wie es grade kam, wurde ich von Tante und Onkel Lorenz eingeladen. Das vergaß Tante nie, obwohl ich gar nicht mit ihnen verwandt war. Ich war nur so ein Waisenkind, das ihnen einmal irgendwie in den Weg gelaufen war und dann nicht wieder vergessen wurde. Tante Lorenz – Anna – liebte ich sehr, ich fand, sie war solch natürlicher, offener, grader Mensch. Es war bewundernswert, wie sie ihrem großen Gutshaushalt vorstand, die vielen Kinder erzog, stets tätig, stets in Eile und doch immer, hatte eines ein wirkliches Anliegen, mit aller Zeit und Teilnahme von der Welt.

Für Onkel Lorenz – Hans – waren meine Gefühle schwankender. Er wanderte meistens stumm mit reichlich mürrischen Falten im Gesicht umher und hatte, erzählte man etwas, eine sehr erschreckende Art, plötzlich dazwischenzurufen: »Döskopp!« Pause. Man brach ab, erstarrte. »Jawohl! Döskopp!« Pause. »Nimm den Löffel, Döskopp, mit der Gabel schaffst du die Erbsen nie!« Und sich an mich wendend: »Du erzähltest, Mimi? Verzeih, dieser Franz ist ein völliger Döskopp.« – Zu andern Zeiten war er, was er wohl lustig und aufgeräumt nannte. Dann neckte er jedermann, vor allem Tante Anna, bis aufs Blut, erzählte etwa, wie es hier auf Baumgarten nach seinem Tode aussehen und

welche Art Mann sich Tante Anna aussuchen würde – »nach den Erfahrungen mit mir!«.
Kurz und gut, Onkel Hans war mir etwas zu unübersichtlich und verzwickt. Hatte er mir aber einmal weh getan und sah Tante Anna mich heulen, sagte sie bloß: »Du bist doch ein rechtes Schaf, Mimi, und es wird wirklich Zeit, daß du aus der Hühnerwirtschaft von Pension und Seminar herauskommst und ein paar Männer kennenlernst. Männer haben nun einmal alle einen Sparren, und einen harmloseren als meinen Hans, der jedes Gefühl sogar vor sich selbst verstecken möchte, wirst du so leicht nicht finden!«
»Aber was haben denn meine rosa Zopfschleifen mit Onkel Hansens Gefühlen zu tun?!« rief ich klagend.
»Er hat vollkommen recht«, sagte Tante Anna plötzlich ziemlich spitz. »Du bist wirklich in dem Alter, wo du dir dein Haar anständig frisieren könntest, Mimi, Schnecke oder Dutt oder meinethalben auch Bubikopf, statt mit solchen Hängern wie eine fallenstellende Tochter Evas herumzulaufen. – Und jetzt, bitte, wasche dir das Gesicht und gehe in die Küche und stengele Johannisbeeren ab. Achtzig Pfund hat der Gärtner hereingeschickt, und Mamsell hat keine Ahnung, wie sie die bis Abend bewältigen soll.«
So waren meine Nennverwandten, die Lorenzens, und wie ich Jahr für Jahr zu ihnen kam, verlor On-

kel Hans auch für mich manchen von seinen Schrecken. Richtig nahe kam ich ihm aber erst am Weihnachtsabend, nein, in der Weihnachtsnacht 1927. Von da an nickte ich verständnisinnig mit dem Kopfe, wenn Tante Anna sagte: »Er ist eben ein Kauz. Laß ihn nur kauzen... Es macht ihm Spaß, und uns tut es nichts.« Zu jener Zeit war ich schon wohlbestallte, fest angestellte Lehrerin, lehrte die Mädchen und wehrte den Knaben, und auffallende, schmetterlingshafte Zopfschleifen lagen weit dahinten.

Durch irgendeinen Zufall war ich in jener Weihnachtsnacht mit Lorenzens ganz allein. Keines von den Kindern hatte zum Fest nach Haus kommen können, kein Besuch außer mir war, scheint's, geladen worden. Und so saßen wir drei, ganz ungewohnt ruhig, unter dem brennenden Baum, erzählten uns sachte von verrauschten Festen, in denen dies große Zimmer laut gewesen war vom Jubel der Kinder, und waren schließlich ganz froh, als die Uhr auf Mitternacht ging. Tante Anna, immer die erste aus den Federn, war verschwunden, ich weiß nicht wie schnell. Onkel Hans schüttelte mir noch auf der großen, düsteren Diele die Hand, redete abgerissen vom Wetter und ließ mich nicht los.

»Gute Nacht, Onkel Hans«, sagte ich schließlich. »Schlaf gut und Dank für alles.«

»Ja, ja«, sagte er. »Schön. Ist in Ordnung. – Du kennst doch Tollatschen, Mimi?«

»Natürlich«, sagte ich sehr verblüfft; denn diese pommersch-mecklenburgische Schlachtespezialität war mir wohlbekannt. Aber was sollte das jetzt? »Es ist«, sagte er stockend und schien richtig ein bißchen verlegen, »es ist gewissermaßen noch eine kleine Überraschung für deine Tante Anna. Würde es dir etwas ausmachen, jetzt in die Küche zu gehen und uns Tollatschen zu braten? Recht fett?«

»Jetzt –?« fragte ich verblüfft.

»Jetzt«, sagte er. »Natürlich, wenn du zu müde bist...«

»Nein«, sagte ich, »deswegen nicht. Aber bist du überzeugt, Onkel Hans, daß es für Tante Anna eine angenehme Überraschung sein würde?«

»Für Änne –? Die angenehmste von der Welt! Gewissermaßen ein Genuß. Sie müssen direkt in Fett schwimmen, spare nicht das Fett, Mimi! Und..., sagen wir, um zwölf Uhr dreißig klopfst du bei uns – mit den Tollatschen. Es ist wirklich reizend von dir, Kind, daß du mir aus der Verlegenheit helfen willst.« Damit drückte er mir die Hände mit ganz ungewohnter Wärme und verschwand die Treppe hinauf. Ich stand auf der Diele und starrte ihm nach. Hätte ich einen heimlichen Weg zu Tante Anna gewußt, ich hätte sie trotz aller »Überraschung« doch lieber erst einmal befragt. Aber die lag sicher schon todmüde in ihrem Bett. So ging ich, über die Schrulligkeit der Männer seufzend, in die Küche.

In der Küche roch es, trotz der späten Stunde, angenehm würzig, als sei eben erst frisch gebraten worden. Im Herd brannte ein Feuer. Ein alle Schrullen vorausahnender Jemand hatte einen großen Steintopf mit Blutwurst bereitgestellt, dazu süße Mandeln, Rosinen, Bratfett... Während ich die Blutwurst gut mit Rosinen und Mandeln durchknetete und die Klöße dann in die Pfanne legte, wurde mir immer rätselhafter und wunderlicher zumute. Tollatschen, das ist eben süße Blutwurst mit Rosinen und Mandeln gebraten, sind – sparsam genossen – ein recht schönes Schlachteessen. Aber sie sich in der Weihnachtsnacht eine halbe Stunde nach Mitternacht ins Schlafzimmer zu bestellen – das schien mir doch eine Schrulle über alle Schrullen. Und doch mußte es richtig sein, mußte es seine ganz natürliche Bewandtnis damit haben, denn wie sonst hätten hier auf dem Tisch der ordentlichen Gutsküche Wursttopf, Rosinen und Mandeln sich ein Stelldichein geben können –?

Aus der Diele unten gongte es tief und lang nachhallend halb, als ich mit meinem Tollatschentablett vor der Tür des Schlafzimmers stand. Ich wartete, bis auch der letzte Ton völlig verhallt war, dann klopfte ich zaghaft. Keine Antwort. Doch schien es drinnen hastig zu flüstern, verstohlen zu tuscheln, heimlich zu zischeln. Noch ein Klopfen, kräftiger schon – und die verschlafene Stimme des Onkels: »Wer ist denn da?«

»Ich!« rief ich. »Du weißt doch...«
»Was weiß ich? Daß jetzt Nacht ist und ich schlafen will!«
»Aber Onkel –!« rief ich, schon verzweifelt und den Tränen nahe. »Die Tollatschen, du weißt doch –!«
»Tollatschen!« schrie der Onkel wütend. »Jetzt Tollatschen –?«
Und Tantes Stimme: »Aber komm doch rein! Was sind denn das für Tollatschen?«
Mir ist wie zwischen Schlaf und Wachen, wie halb im Traume befangen. Gedankenlos stoße ich die Tür zum Schlafzimmer auf, im Schein einer kümmerlichen Nachttischlampe sehe ich den Onkel verstört im Bett sitzen, halb verschlafen, halb wütend. Die Tante aber hat den Kopf auf einen Arm gestützt und sieht mir blinzelnd entgegen. »Was in aller Welt zu dieser Stunde...«, flüstert sie.
»Die Tollatschen...«, antworte ich, ebenso flüsternd. Dichter und dichter wird das Geheimnis, verworrener. Ich hier mit meinem lächerlichen Tablett in Händen, bestimmt wache ich gleich auf, und Rieke ruft vor der Tür, daß der Krug mit warmem Wasser bereitsteht. »Zeigen Sie mal her«, sagt der Onkel, der richtige Onkel Hans Lorenz, und ganz unrichtig, aber wie es im Traum eben wieder ganz richtig ist, redet er mich mit Sie an. »Wahrhaftig Tollatschen! Was sagst du, Änne?«

»Dann wollen wir sie also essen, Hans«, sagt meine Tante plötzlich mit ganz heller Stimme. »Es ist wirklich furchtbar nett von dir...«
»Natürlich ist es furchtbar liebenswürdig von Ihnen«, brummt der Onkel. (Wieder Sie!) »Sie sind doch nicht etwa fett –?«
»Aber du sagtest doch, Onkel!« flüstere ich verzweifelt den Spuk an. Und ich teile Teller und Messer und Gabeln aus. Und der Onkel sitzt, die Knie angezogen, den Teller vor sich, im Bett und brabbelt leise murrend vor sich hin, und die Tante stochert mit der Gabel.
»Nehmen Sie doch Platz«, sagt der Traumonkel verbindlich. »Wo Sie sich solche Mühe gegeben haben!«
Ich kämpfe mit den Tränen, aber gehorsam setze ich mich und starre vor mich hin. »Verdammt fett«, höre ich den Onkel halblaut sagen. »Kriegst du's runter, Änne!«
»Schlecht«, antwortete die Tante. »Aber Tollatschen sind so blutbildend!«
»Auch nach Mitternacht?« knurrt der Onkel. Und dann wieder nur noch das leise kratzende Geräusch von Messer und Gabel auf den Tellern. Vor den Fenstern geht, stark genug, der Weihnachtswind. Jetzt prasselt es, sicher treibt wieder Schnee.
»Ach nein, Hans, bitte, nein«, höre ich die Tante aufgeregt flüstern. Ich schaue hoch. Plötzlich ist es, als sei das Licht heller geworden – oder geht solch

Schein von Tantes Gesicht aus? Wie Helle liegt es auf ihm – Lächeln und eine Spur Verlegenheit. Doch vor allem Lächeln, heiteres, fröhliches Lächeln. Sie starrt zum Onkel hinüber.
Der ißt jetzt, auch völlig verwandelt, mit fast genießerischem Eifer. Auch sein Gesicht scheint heller – freut er sich denn nun? »Solch ausgezeichnete Tollatschen«, sagt er eben. »Doch eine großartige Idee. Ich habe richtig wieder Hunger bekommen.« Er legt Messer und Gabel hin und lächelt erst Tante, dann mich an. Und nun – aber was ist das? – greift er mit den Händen auf den Teller, faßt mit den Händen einen Tollatsch, führt ihn zum Munde und fängt an, den Tollatsch abzunagen...
Ich reibe mir die Augen. Ich starre. Ich wundere mich. Ich glaube und verstehe nichts – und außerdem will ich es nicht wahrhaben, es bleibt doch dabei: Der Tollatsch hat einen Knochen, den der Onkel zierlich zwischen Daumen und Zeigefinger hält. Der Knochen ist knusprig-bräunlich gebraten, nicht so schwärzlich, wie Tollatschen aussehen – und an dem Knochen hängt gutes, schön gebratenes Gänsefleisch!
»Sehr gute, ausgezeichnete Tollatschen«, murmelt der Onkel.
Ich hole tief Atem, nehme alle Kraft zusammen, wende den Blick von der unbegreiflichen Verwandlung ab und sehe auf die Tante. Tante Anna schneidet eben bedachtsam ein schönes Stück Gänse-

brust. Keine Spur von Tollatschen, braves, herrliches Gänsefleisch. Bratäpfel sind auch auf dem Teller!

Nein, ich bin Lehrerin – und wenn auch nur bei Abecisten, um so sicherer ist der Grund, auf dem ich lehre. Zweimal zwei macht vier plus fünf gibt neun weniger neun gibt null, und Tollatschen sind kein Gänsebraten. Ich springe auf. In dieser Sekunde wußte ich wirklich nicht mehr, ob ich träumte oder wach war, und außerdem hatte ich damals grade meinen Kummer mit Kurtchen, den ich dann später auch geheiratet habe, und war mit den Nerven nicht ganz beisammen.

»Sehr gute, vorzügliche Tollatschen«, hörte ich den Onkel grade noch schmatzen. Jawohl, mein gebildeter, ekelhafter Onkel schmatze gradezu. Die Tränen stürzten wie Bäche aus meinen Augen, ich lief zur Tür, rannte hindurch und schlug sie mit solcher Gewalt hinter mir zu, daß das Haus erdröhnte. Dann stand ich wieder auf der Diele; ganz wirklich, sehr müde, völlig zerschlagen und verzweifelt stand ich auf der Diele und schwor mir zu: Morgen mit dem ersten Zug fahre ich. Dieses lasse ich mir denn doch nicht bieten!

Und grade als ich das dachte, fing die große Uhr an zu schlagen, erst die vier helleren Schläge zur vollen Stunde und dann einmal tief und lange nachhaltend: eins!

Geisterstunde vorbei! dachte ich. Ich, eine geprüfte, angestellte Lehrerin, dachte in dieser Stunde an Gespenster, Spuk und dergleichen! Und alles wegen solcher dämlichen Tollatschen, die ich nie wieder anrühren würde. Dann ging ich ins Bett, und ich törichte Gans weinte mich richtig noch in Schlaf. –

Ich bin natürlich am nächsten Morgen nicht gefahren. Dazu habe ich viel zu gut geschlafen, ich habe sogar Riekes Warm-Wasser-Ruf überhört. Aber ein komisches Gefühl war es doch, ins Frühstückszimmer zu treten, und da saß der Onkel vor seinen Briefen und sah genau so trocken und wirklich wie sonst aus, und wenn es mir so vorkam, als werfe mir Tante Anna einen prüfenden Seitenblick zu, so kam es mir eben vielleicht nur so vor!

Aber guter Rat kommt über Nacht – ich tat das Vernünftigste, was ich nur tun konnte, ich packte den Stier bei den Hörnern, stellte mich vor den Onkel hin und fragte ganz unschuldig: »Wie wäre es mit ein paar Tollatschen, Onkel Hans?«

Und in demselben Augenblick warf der Onkel auch schon seinen Brief hin, fuhr hoch, starrte mich an und fing an zu lachen, zu lachen... Und auch Tante Anna stimmte ein – und aus diesem Lachduo wurde sogleich ein Terzett, denn sofort zerstob auch der letzte Zweifel, der etwa aus der Nacht noch in mir genistet hatte, und ich wußte gleich, daß sie sich nur ihren Spaß mit mir gemacht hatten und daß ich nur den Esel abgegeben hatte, auf dem sie ihre Säcke zur Mühle geschafft hatten. »Die Mimi ist richtig«, rief der Onkel begeistert. »Die reist nicht ab wie die Mama!«

Die Mama – da war die Katze nun wirklich aus dem Sack. Und nun erfuhr ich, mit vielen Zwischenrufen, und keiner von den beiden Erzählern gönnte dem andern das Wort, nun erfuhr ich, daß es hier in Baumgarten vor dreiundzwanzig Jahren eine Mama gegeben hatte – natürlich Tante Annas Mama.

»Und sie war wirklich sehr gut und hilfreich, Mimi. Aber vielleicht war sie ein bißchen zu hilfreich. Und Hans hat sich auch nie überwinden können und hat sie nie anders als mit Sie angeredet. – Nein, Änne, sie war schon ein richtiger Drache, und daß sie ein sanfter Drache war, ändert nichts an ihrem Drachentum. Weißt du noch, wie du eine Woche Haferschleim essen mußtest, weil sie fand, du sähest blaß aus, und dir fehlte gar nichts?! – Ach Gott, ja, und wie sie zum Getreidehändler Dörnbrack fuhr, Hans, mit dem du eine Differenz um zweihundert Mark hattest. Und sie brachte ihm einfach das Geld – ›Damit mein Schwiegersohn sich nicht mehr so ärgert!‹ –, das Geld, das *uns* zukam, und sie sparte es dann wieder beim Essen ein! – Und weißt du noch …?«

Onkel und Tante verloren sich in Erinnerungen, und die Tollatschen wären wohl ganz vergessen worden, hätte ich nicht sanft daran erinnert. »Ja, richtig, die Tollatschen... Siehst du, man kann doch eine Mutter nicht so einfach aus dem Haus schicken, wenigstens meinte Hans das. Ich hätte es ihr schon sachte mit der Zeit beigebracht...«

»Denkst du! Nie wäre sie gegangen ohne mich!«

»Siehst du, Mimi, so sind eben die Männer. Er hat es viel schlimmer gemacht und sie zu Tode gekränkt, bloß weil er es ihr nicht direkt sagen mochte.«

»Erlaube mal, Änne...«

»Die Tollatschen!« mahnte ich.

»Also vor Weihnachten wird doch immer so viel geschlachtet – und wo soll man mit all dem Blut hin? So gab es denn Abend für Abend Tollatschen, und so gerne wir sie dann und wann aßen, wir hatten sie recht über. Und ich erkundigte mich bei Mama so leise, was es wohl am Weihnachtsabend geben würde...«

»Aber doch Tollatschen, Kind. Es sind doch noch so viele da, und sie sind doch sooo blutbildend«, äffte Onkel mit hoher, piepsender Stimme nach.

»Und da schworen es sich Onkel und ich, daß wir nicht nur Tollatschen zum Weihnachtsabend haben würden. Und als Mama zu Besorgungen in der Stadt war – sie erledigte ihre Besorgungen immer erst im letzten Augenblick –, machte ich uns eine hübsche Gans fertig, und die wollten wir allein für uns essen. Und am Abend rührten wir wirklich die Tollatschen kaum an, und wie dann alles vorbei war und es war still im Haus und jeder in seinem Zimmer, machte ich ihm eine Keule und mir ein Stück Brust warm, und mit unserm Gänsebraten stiegen wir ins Bett und wollten uns recht gütlich tun. Da klopfte es ...«

»Zwölf Uhr dreißig, Änne«, rief der Onkel mit Grabesstimme, »und kaum haben wir die Teller unterm Bett, ist die Mama auch schon im Zimmer und sagt: ›Ich bring euch was zu essen, Kinder. Ihr müßt ja halb verhungert sein. Ich habe wohl gesehen, ihr habt vor Vorfreude nichts gegessen von den Tollatschen, und da habe ich sie euch noch einmal warm gemacht – mit leerem Magen läßt es sich nicht schlafen!‹ Und schon hatten wir die Teller in der Hand, und das verfluchte Zeugs ...«

»Ja, du hättest Onkel Hansens Gesicht sehen müssen, Mimi! Und Mama richtete es sich auch ganz gemütlich ein und fing an, das Fest und alle Geschenke und alle Briefe durchzusprechen, und dazwischen ermunterte sie uns immer wieder, doch auch ordentlich zu essen ... Da plötzlich fühlte sie es förmlich, wie es bei Onkel riß. Plötzlich war es bei ihm alle, und eins, zwei, drei, als Mama grade nicht hinguckte, hatte er die Teller vertauscht, meinen wie seinen, und nun aßen wir Gänsebraten, statt in Tollatschen zu stochern ...«

»Jawohl, nach dem ersten Schreck aß deine Tante wacker mit, und so muß eine Frau auch sein, Mimi, mit dem Mann durch dick und dünn. Es war großartig. Und dann das Gesicht von Mama – sie glaubte einfach ihren Augen nicht...« Der Onkel freute sich noch, wie vor dreiundzwanzig Jahren.

»Eigentlich tut mir die alte Frau noch heute leid«, sagte die Tante ganz nachdenklich. »Sie hat – ganz anders als du, Mimi – gleich begriffen. Wir waren für sie immer wohl Kinder, und dies war eine richtige, sehr böse Kinderungezogenheit, für die wir doch wohl selbst ihr zu alt waren. Am nächsten Morgen war sie natürlich fort. Aber gottlob habe ich es noch erlebt, daß sie uns verziehen hat, sogar gelacht hat sie darüber, und das ist nur gut, sonst möchte ich diese Erinnerungsfeiern gar nicht, Hans!«

»Und so habt ihr denn –?« fragte ich atemlos.

»Jawohl«, sagte die Tante. »Das läßt sich dein Onkel nicht nehmen. Jedes Weihnachtsfest seitdem haben wir das Wunder des Tollatsch gefeiert, er nennt es seine Befreiungsfeier.«

»Und wer da alles schon an deiner Stelle gesessen hat, Mimi!« schwelgte der Onkel. »Manche haben richtig gekreischt und an Gespenster geglaubt.«

»Männer sind eben Kinder«, sagte Tante Anna. »Sie können das Spielen nicht lassen.«

Ich nickte ernst. Ich dachte an Kurtchen, der mir auch Kummer machte – aber schließlich habe ich ihn doch geheiratet, trotz aller Erfahrungen von Tante Anna mit Mamas, Tollatschen und Onkels.

Inhalt